ダーカ

米村正二

講談社キャラクター文庫 007

デザイン／出口竜也（竜プロ）

目次

閃光

その日、天道総司《てんどうそうじ》は十四歳の誕生日を迎えた。

だがそれを一番に祝ってくれるはずの父と母はすでにこの世にはいない。

天道が一年の中で一番の孤独を感じる日。

自然と天道の足はシブヤに向かっていた。

シブヤに何か用事があるわけではなかった。

天道の父と母が生前、シブヤで働いていたという、ただそれだけの理由で天道は一年に一度、自分の誕生日に、やみくもにシブヤの街を歩き回る習慣がついてしまった。

しかし天道は思いがけず、父と母を殺した仇《かたき》とすれ違ってしまった。

天道は思わず立ち止まった。

だが仇は天道に気づかず歩き去った。

皮肉なことにその仇もまた天道の父母と同じ顔をした二人の男女だった。

なぜならその仇は彼の父と母を殺したあと、まったく同じ顔、姿形に擬態《ぎたい》した未知なる生物だったからだ。

天道にとっては、十一年ぶりに見る懐かしい父と母の優しい顔。

しかしそれは同時に天道が復讐《ふくしゅう》を誓った世界でいちばん憎い仇の顔。

天道の心の中で愛と憎しみが混ざり合い、その血が沸騰《ふっとう》した。

あの残酷な事件は日下部《くさかべ》総司三歳のときの出来事だった。

自分の父と母が目の前で二匹の巨大な昆虫によって殺された。

その恐ろしい二匹の巨大な昆虫は人間へと姿を変えた。

その人間とは総司の父と母の姿だった。

当時の総司には何が起こったのか、よくわからなかった。

大人でも受け入れることが困難な突拍子もない出来事だった。

だが総司は本能的に逃げなければならないと感じた。

そして総司は奇跡的に生き延びた。

母方の祖母に引き取られ、天道の姓をもらって日下部総司から天道総司となった。

天道は両親を目の前で殺されたショックでしばらく口をきけなくなったが、徐々に成長する中で、あの三歳のときに目の前で起こった出来事が、何を意味していたのかを理解していった。

「あいつらはたぶん人間じゃない……得体の知れない化け物で、世の中の人はまだその存在に気づいていない……だからあのとき、自分が見たままを、警察や周りの大人にも話したが、誰も信じてはくれなかった……でもあいつらは確かに存在している。生きている。そして今も警察に捕まることなく、どこかでのうのうと生きている……俺の父さん、母さんとまったく同じ顔をして……俺から奪った家族の団欒《だんらん》を楽しんでいる……」

天道は七歳のときにはすでにその化け物に復讐すると決め、体を鍛え始めた。

「俺は……絶対にあいつらを許さない」

それが天道の生きる目的だった。

復讐することだけがすべてだった。

その天道の復讐心をさらに強固なものにした理由がもう一つあった。

当時、殺された母親のお腹には赤ん坊がいたのだ。

出産する前からすでに女の子とわかっていた。

父と母はその名前を『ひより』と決めていた。

日下部ひより。

当時三歳の総司もことあるごとに母のお腹の中にいる、まだ見ぬ妹に呼びかけていた。

「ひより、僕がお兄ちゃんだよ。聞こえるかい？　早く会いたいな、ひより……」

そのたった一人の妹であるひよりは、この世界を見ぬまま、子宮という揺りかごの中で息絶えた。

「ひよりは、生まれる前に殺されたんだ」

そう思うたびに天道の憎悪の炎は燃えさかった。

絶対に許すわけにはいかなかった。

天道は父と母に加え、ひよりの仇も取ると心に誓った。

その憎き仇が今、シブヤの街を歩いていた。

天道は自分の存在に気づかれないように充分注意しながら、仇の後をつけた。

「俺はあいつらを殺す。確実に、絶対に」

天道はそう心で唱えることでありったけの勇気を振り絞ろうとした。

なぜなら仇は天道の父と母をいとも簡単に殺したほど残虐で、凶暴な相手だったからだ。

武装した大人でも仕留めるのは困難な相手。

まだ成長期の途中にある十四歳の天道は、体格的にも、肉体的にも、彼らより数段劣っていた。

しかも仇は人間ではない。

「だが……そのために俺は体を鍛えてきた。総《すべ》てはこの日のために……父さんと母さんと妹の仇を取るために、俺は生きてきたんだ……」

天道はいつなん時、仇に出会っても復讐を遂げられるように手製の武器を携帯するようになっていた。

それはネットで買った安物のナイフだったが、それを触れただけでも切れるほど鋭利に研ぎ澄ました。さらにグリップ部を何重にもテーピングして、返り血を浴びても滑らない

いった。

ようにしていた。

天道はポケットの中でそのナイフを握りしめ、殺意の炎をたぎらせて仇の後をついていった。

仇は道玄坂を下り、ハチ公前に向かう。

後をつけながら天道は思う。

「どう仕留める？　背後から忍びより、振り向きざま、まず男のほうの心臓を確実に突き刺す。だがそうした場合、問題になるのは女のほうだ。俺に反撃を試みてくれれば好都合だが、とたんに逃げ出す可能性もある。もし逃がしてしまえばこんなチャンスは二度と訪れない。それは避けなければならない。二人とも、息の根を絶たない限り、俺の気はおさまらない……やはりここは手を出すのをがまんして、奴らの家を突き止めたほうがいい。そのほうが確実に復讐を遂げられる。明日のために今日を捨てるんだ」

ナイフを握る天道の手が汗でびっしょりと濡《ぬ》れていた。

「これじゃダメだ。いざという時、手が滑って確実に心臓を一突きできない」

天道はいったん、ナイフを手から離そうとしたが、あまりに強く握りしめていたために、かなりの困難を要した。

やっとの思いでナイフを離し、ポケットから手を出した。

手は汗でぐっしょり濡れ、小刻みに震えていた。

天道はその汗をズボンで拭った。

仇はシブヤの地下街へ入っていった。

天道も続いて地下街へ入る。

仇は地下鉄の改札へ向かっている様子だった。

それは天道には好都合だった。

計画の変更を心の中で確認した。

「ホームに列車が入ってきたとき、二人を同時にホームから突き落とす。どちらかが逃れたとしてもすぐさまナイフを突き刺し、とどめをさす。それなら二人を一気に殺せる。そのほうが尾行して家を突き止めるよりリスクが低い」

天道は二人をホームに突き落とす手はずを頭の中でシミュレーションした。

うまくいきそうだった。

仇は改札の中へと入っていった。

少し遅れて天道もその後を追った。

仇は半蔵門線上りホームに降り立った。

天道もある程度の距離を置いて同じホームに降りた。

仇はなぜかホームの先端に移動していく。

「誰かと待ち合わせでもしているのか？」

そう思いながら天道もその後を追う。

仇はホームの先端まで行ったが、待ち合わせた誰かがいないのか、あたりを見回している。

天道は姿を見られないよう人影に隠れる。

やがてアナウンスが上りの地下鉄列車がもうすぐ来ることを告げる。

「いくぞ」

天道が自分に気合を入れるように心の中で叫んだ。

そして仇へ向かって歩いて行く。

仇はまだ天道の存在に気づいていない。

天道が一歩、また一歩と仇へ近づいていく。

天道には全身から殺意が発散されているのが自分でもわかる。

「殺意を抑えろ。気づかれたらおしまいだ」

そう念じながらも天道の興奮は収まらない。

ポケットの中の汗まみれの手がギュッとナイフを握りしめる。

仇までの距離はあと二、三メートル。

列車の近づく音が聞こえる。

「俺にできるのか？　人殺しが」

天道の脳裏を一抹の不安がよぎる。

「いや、奴らは人ではない。躊躇《ちゅうちょ》するな。一気にやるんだ」

もう一度決意し、天道がさらに仇との距離を詰める。

列車の警笛がすぐそばで聞こえる。

「今だ」

天道が仇に近づく。

一押しすれば仇は二人とも列車が迫る線路に落ちる。

そのときだった。

「お父さん」

女の子の声が聞こえた。

その声に天道が振り返ると一人のかわいらしい女の子が仇に走り寄った。

「お父さん？」

天道がそう思ったとき、仇は言った。

「ひより」

仇が告げたその名前に天道は動けなくなった。

「ひより？　ひよりだって？」

天道が心の中で繰り返す。

列車がホームに滑り込んできた。

その風圧が天道を我に返らせる。

列車が徐々に減速していく。

天道は復讐を遂げる千載一遇のチャンスを失った。

しかしそれよりも、初めて見るひよりの姿に心を奪われていた。

「ひよりがなぜここに……？　あいつは母さんのお腹の中で死んだはず……。待てよ。もしもあの仇が母さんの外見だけでなく、お腹の中までコピーをしていたら……だとしたら……あの女の子は……!?」

天道はもう一度その女の子の顔を確かめようとした。

しかし仇とひよりは扉から車両に乗り込もうとしていた。

そのときだった。


ドオオオオオオンンンンンン！


目の前が真っ暗になるほどの衝撃。

何が起こったのか考える余裕もない、突然のブラックアウト。

それが後にシブヤ隕石《いんせき》と呼ばれるものだった。

しかし当然ながら天道を含め、その場に居合わせてしまった人々にはそれが隕石によるものだとはわからない。

突然の衝撃としかいいようがない。

天道には天井も足元も崩れ落ちたような気がするが、その記憶もさだかではない。

墜ちていくような恐怖の中で天道の意識はシャットダウンされたのだ。

耳鳴りもしていたような気がする。

だが目の前にあるのは暗闇だけ。

どれだけの時間が経ったのだろうか……。

息が苦しい。

激しく咳《せ》き込みながら天道は目覚めた。

あたりは塵《ちり》が立ちこめ、瓦礫《がれき》の隙間から差し込んだわずかな光がその塵を照らし、よけいに息苦しく感じさせた。

咳き込みながら全身の打撲と切り傷の痛みが現実のものとなって徐々に天道を襲った。

しかし天道はその痛みに負けるわけにはいかなかった。

瓦礫に埋もれた仇が二人、天道の瞳に映ったのだ。

両親と同じ顔をした仇の母親のほうはすでに息絶えているようだった。

だが父の擬態は瀕死の重傷を負いながら、まだ生きていた。

「ううう……うおおおお！」

天道は叫んだ。

全身の痛みに耐えながら、どうにか立ち上がった。

ふらつきながらも父の擬態の元へと近づいていった。

「必ず……とどめを……さす！」

その気迫だけが傷だらけの天道を動かしていた。

そしてついに天道は父の擬態の目の前に立った。

父の擬態も天道に気づいた。

「おまえは……総司だな」

父の擬態はなぜか十四歳になった天道を見ただけで、総てを理解したようだった。

それが何故かは天道にもわからない。だがそんなことはどうでもよかった。

天道はポケットから手製のナイフを取り出した。

「父さんと母さんの仇だ。そして母さんのお腹の中にいた、ひよりの仇だ」

天道がナイフを構えて父の擬態に近づく。

擬態の父は何も言わず、じっと天道を見つめる。

その顔は天道が会いたくてやまなかった父の顔にしか見えない。

だがそれは父ではない。復讐を遂げないわけにはいかない。

天道が振り上げたナイフが差し込んだ太陽を反射して光った。

そのとき、背後で声がした。

「殺さないで！」

天道が振り返ると瓦礫に埋もれながらも必死に叫ぶひよりの姿があった。

「お願い！　殺さないで！」

ひよりの悲痛な叫びだった。

「ひより……」

「我々は……総てをコピーする……君の両親の外見はもちろん、総ての記憶も……。そして君の母親の……お腹の中にいた赤ん坊も……」

その父の擬態の言葉で天道も総てを理解した。

「あのひよりは俺の妹……」

天道のかたくなだった復讐心がゆるみかけた。

だがひよりへの思いをグッと堪え、天道は思い直した。

「目の前にいる父さんの擬態を殺さない限り、何も始まらない」

すると父の擬態が言った。

「私のことは好きにしてくれていい……だがひよりは殺さないでくれ……ひよりはおまえのたった一人の妹だ」

父の擬態はそう言って何かを差し出した。

それは金属でできた不思議な形をしたベルトだった。

「ひよりを……頼む」

そのベルトにどんな意味がこめられているのか天道にはわからなかった。

しかし父の擬態を許す気にはなれなかった。

「黙れ……俺は……おまえを殺す」

天道が再び父の擬態に近づいたとき、瓦礫の崩落《ほうらく》が始まった。

天道にとっては二度目の衝撃。

ブラックアウト。

次に天道が意識を取り戻したとき、あたりは再び塵で覆われていた。

しかも今度は天道も大きな瓦礫の下に埋もれていた。

そんな天道のそばで父の擬態が瓦礫に潰されて絶命していた。

父の擬態の手には金属製のベルトが握られたままだった。

やがて塵が晴れ、視界が開けた。

周囲では瓦礫に埋もれておびただしい数の人が死んでいた。

天道は背中を圧するコンクリートの重さと定期的に全身を走る痛みに耐えながら、どうにか瓦礫の下から這《は》い出ようとした。

だが、重いコンクリートはびくともしない。

瓦礫の重みが天道の肺を圧迫し、呼吸もままならない。

天道はただジッとその痛みと苦しみに耐えるしかなかった。

「仇は二人とも死んだ……父さんと母さんの復讐は果たした……俺は目的を遂げたんだ……ついにやったんだ……それで十分だ……」

復讐だけを頼りに生きてきた分、張り詰めた思いが途切れると、天道の心は意外なほどもろかった。

天道は薄れゆく意識の中で自分の死を受け入れようとしていた。

だがふいに声が聞こえた。

「助けて……」

ひよりだった。

「お父さん、お母さん、どこにいるの……？」

天道は地獄の光景の中で光を見た。

それはひよりだった。

「ひより……」

そう呟《つぶや》いてみると、天道の中で何かが大きく変化していくのがわかった。

愛《いと》おしいという感情を天道は初めて知った。

「たとえこのひよりが母さんの擬態から生まれたとしても、俺にとってはたった一人の……かけがえのない妹だ」

「た……すけ……て」

ひよりは瓦礫の崩落で受けたけがと体にのしかかる瓦礫の重さで弱りつつあった。

するとふいにこんな言葉が天道の口から出た。

「大丈夫だ、俺がそばにいる」

なんの根拠もなかったが天道はそう言い切った。

ひよりには、そう励ましてくれた声の主を確認する元気はなかった。

だが後にひよりの心の支えとなるその言葉に、ひよりは大きな勇気をもらった。

ひよりの瞳から、一筋の涙がこぼれ落ちた。

天道はひよりを助けるため、瓦礫の下から這い出ようとした。

しかし瓦礫は重く、十四歳の天道の力では出られそうになかった。

すると絶命した父の擬態が差し出したままのベルトが目に入った。

あのとき、父の擬態はそれを差し出し、こう言った。

「ひよりを頼む」

天道は手を伸ばした。

なんとかベルトに手が届いた。

天道はベルトを引き寄せ、自分の腰に巻いた。

体の奥底から何か熱いものがわき上がってきた。

「う……うおおおおお！」

天道は重い瓦礫をものともせず、一気にはねのけた。

一方のひよりは、痛みと絶望のどん底の中で意識を失いかけていた。

「大丈夫だ、俺がそばにいる」

その声の主をひよりが見上げる。

逆光の中にベルトを巻いた少年が立っていた。

それは天道なのだが、ひよりの意識は混濁《こんだく》し、それがさっき自分の父親を殺そうとした少年だとは気づかなかった。

むしろひよりにはそのベルトの少年が天使に見えた。

天道とひよりの右手が繫《つな》がった。

天道はひよりを瓦礫の中から引きずり出した。

それで安堵《あんど》したのか、ひよりは気を失った。しかしちゃんと息はあった。

天道は瓦礫の隙間から差し込んだ光の中でひよりを抱き上げた。そしてひよりの顔を見つめて思った。

「ひよりを産んだ母の擬態……あの不思議な生物はいずれ世界の、全人類の敵になるかもしれない。だとすれば、このひよりも世界を敵に回すかもしれない……でも俺は」

天道は祖母の言葉を思い出していた。

「おばあちゃんが言っていた。たとえ世界を敵に回しても守るべきものがある」

天道は強い決意を抱いた。

「俺はひよりを守る。絶対に！」

ベルトは天道の強い意志を受けて光り輝いた。

天道の姿は翼を広げた天使のように神々しかった。

選ばれし者

「大丈夫。僕がそばにいる……僕がそばに……」

そう呟きながら鉛筆でラフな絵を描く一人の少女がいた。

日下部ひよりだった。

ひよりは十七歳になっていた。

脇にはひよりが乗ってきた自転車がたてかけてある。

ひよりが描くのはあのシブヤ隕石《いんせき》の絵だった。

だがその絵は写実的なものではなく、瓦礫《がれき》の中でウスバカゲロウの妖精の女の子を優しく守る天使の絵だった。

ひよりはその絵を描いているときだけは優しい顔になった。

ふと顔を上げて眼下の光景を眺めるとそんなひよりの表情も曇った。

そこから見えたのは今も放置されたままのシブヤの瓦礫の風景だった。


シブヤに隕石が落ちた日から七年が経っていた。

現在のシブヤはかつて駅があった場所を中心に半径三百メートルほどが瓦礫の山となったまま放置されている。

そこは鉄線で囲まれた、厳しい警備体制の立ち入り禁止区域になっている。

鉄線の外側には大都会の人々のいつもと変わらぬ日常があった。

だが人々は知らない。

シブヤの地下にかつてマスクドライダーシステムを開発する研究施設があったことを。

シブヤ隕石がその研究施設を狙い撃つように落下したことを。

そしてそのシブヤ隕石から地球外生物ワームが誕生したことを。

すべては誰にも知らされていなかった。


「ワームです！」

地球外生物を探知するさまざまな最新機器が所狭しと並ぶ指令車で、対ワーム戦闘組織、ZECT《ゼクト》の女性隊員・岬祐月《みさきゆづき》が本部からの極秘通信を上司の田所修一《たどころしゅういち》に報告した。

「場所は？」

いつも落ち着き払っていながら眼光だけは鋭い田所が聞く。

「港湾エリアC－3ポイント。ゼクトルーパーもすでに出動しました」

「我々も急行する」

夕日に赤く染まる湾岸の道をZECTの指令車が疾走する。

するとどこからか駆けつけたZECTの隊員車がその指令車と並走を始める。

やがて装甲車のような二台のごつい車が港湾エリアC－3ポイントに到着すると、そこは倉庫が建ち並ぶ人けのない場所だった。

ＺＥＣＴの隊員車からは十数人のゼクトルーパーが出動する。

ゼクトルーパーとはＺＥＣＴの主戦力で、量産型の汎用特殊強化服を着た戦闘部隊である。彼らは黒を基調としたバトルドレスユニフォームとボディアーマーで全身を覆い、頭部をフェイスヘルムで保護し、装弾数三千発、毎分六百発の弾丸を発射するマシンガンブレードで武装し、リーダーの命令に従って、兵隊アリの如く、ワームの殲滅《せんめつ》を行う。

ゼクトルーパーが統率の取れた動きで倉庫の奥へ奥へと進むと、ワームが発したらしき粘着性のあるクモの糸に巻かれ、倒れている警備員を発見した。

ゼクトルーパーが戦闘態勢を取りながら、警備員の安否を確認する。

警備員はすでに息絶えていた。

突然、物陰からサナギ体ワームの攻撃を受けた。

「キシャアアアアア！」

虫のような咆哮《ほうこう》が倉庫内に響き渡る。

ズガガガガガガ！

マシンガンブレードでワームを銃撃するゼクトルーパー。

ワームはその銃弾である程度のダメージを受けながらも圧倒的なパワーでゼクトルーパーに攻撃を加えていく。

ゼクトルーパーも、マシンガンブレードの先端に装着された格闘戦用ブレードで対抗するがワームの固い表皮には歯が立たない。

　そんな中、一台のオフロードバイクがＺＥＣＴ指令車のそばに到着した。メットを脱ぐとそれは若き見習い隊員、加賀美《かがみ》新《あらた》だった。

「加賀美君！　遅いわよ！」

　指令車内の通信機器で岬が叫ぶ。

「すいません！」

　加賀美は大きな声で謝り、バッグから取り出したＺＥＣＴのカメラでゼクトルーパーとワームの戦いの様子をつぶさに撮影する。

　指令車内に並ぶ数台のモニターには加賀美が撮影する戦闘の映像とさまざまなデータが映し出されていく。

　たえず冷静沈着な田所が通信機のマイクに感情を出さずに言う。

「格闘に付き合うな。離れて顔面に攻撃を集中しろ」

　その指示を受けたゼクトルーパーはうまく距離を取ってマシンガンの銃撃をワームの顔面に集中させる。

　その集中砲火にひるむワーム……だが屋根の上からさらに二匹のサナギ体ワームが襲いかかってきた。

　予期していなかった新たな敵の登場にパニックに陥るゼクトルーパー。

さらに加賀美が撮影する映像を見ていた岬はワームの体の熱量が上がっていくのに気づき、こう叫んだ。

「脱皮します！」

田所が冷静にゼクトルーパーに伝える。

「ワームから離れろ」

咄嗟《とっさ》にワームから離れるゼクトルーパー。

一方、サナギ体だったワームの表皮にひび割れのような亀裂が走り、一気に爆発するように表皮が吹っ飛んだ。それが脱皮だった。

「キシャアアアアア！」

三匹のサナギ体は三匹の成虫体、蜘蛛《くも》の特性を持つアラクネアワームとなった。

驚き、呆然《ぼうぜん》とするしかない加賀美。

それはゼクトルーパーも同じだった。

「超高速移動する前に倒せ」

それでも冷静な田所の指示を受け、ゼクトルーパーが激しい銃撃を始めた。

だが三匹のアラクネアワームは銃撃などものともせず、超高速移動を開始した。

「消えた！」

加賀美がそう言うのも無理はない。

ワームの超高速移動は人間の目では感知し得ないのだ。

同時に姿が見えない敵からの攻撃を浴びていくゼクトルーパーの面々。

「うわああああああああああ！」

見えない敵への恐怖のあまり、やみくもにマシンガンを撃ち続けるゼクトルーパーの銃撃音が空しく倉庫街に響き渡る。

次々に倒れていくゼクトルーパー。

「落ち着け。固まって弾幕を張るんだ」

生き残っていたゼクトルーパーが田所の指示を受け、固まって弾幕を張る。

だが見えない敵は弾幕を簡単にかいくぐって攻撃してくる。

バトルドレスユニフォームは切り裂かれ、ボディアーマーもフェイスヘルムも破壊され、鮮血が飛び散った。

ゼクトルーパーは無残にも全滅した。

「キシャアアアアア！」

三匹のアラクネアワームは勝ち誇ったように夜空に咆哮し、闇の中へと消え去った。

加賀美はその場に立ち尽くすしかなかった。

目の前には絶命した多くのゼクトルーパーが倒れている。

それはあまりにむごい光景だった。

指令車から出てきてその惨状を見回した田所はこう言い放った。

「本部の者に回収させろ」

「……はい」

岬が通信マイクで本部に全滅の報告と隊員の回収依頼をする。

加賀美は田所を睨《にら》んで言う。

「田所さん、回収だなんて、あんまりです。オレたちは物じゃないんです」

しかし加賀美は無言で背中を向けている田所の握り締めた拳に気づいた。

もっとも悔しい思いをしているのは田所であった。

加賀美はそれに気づき、田所を非難した自分を恥じた。


翌日、都心の住宅街を悔しげな顔をした加賀美がトボトボとバイクを押していた。

ワームを目の前にしても何もできなかった自分が悔しかった。

加賀美はかつて自分の弟をワームに殺されていた。

大学進学を諦めてZECTに志願入隊した加賀美だったが、いざ弟の仇を見ると、その異形の姿に恐怖し、足がすくんでしまった。

そんな自分に腹を立てたが、隊員見習いの自分に与えられている仕事が戦闘の様子をカメラに収めることだけということにも苛立《いらだ》ちを感じていた。

「早く正式な隊員になりたい……そして組織が密かに開発しているというマスクドライダーシステムをこの俺が使って……弟の仇を……！」

そう一人ごちている加賀美のズボンのポケットから男が財布を奪って走り去った。

「アッ！」

と、なりながらもバイクのスタンドを立て、それから慌てて追いかける加賀美。

「待て！」

元高校球児で足には自信のあった加賀美だが、男の足はそれより速い。

必死に追いかける加賀美と逃げる男の前方から作務衣《さむえ》を着た一人の男が歩いてくる。

男はなぜか金属製のボウルらしき器を持っている。

道は狭く、このままでは作務衣の男と引ったくりの男がぶつかってしまう。

「危ない！　逃げて！」

加賀美が叫ぶ。

しかし作務衣の男は堂々とまっすぐ歩いてくる。

引ったくりの男は刃物を出して作務衣の男に叫ぶ。

「どけ！」

それでも堂々と歩く作務衣の男。

引ったくりの男は威嚇のために刃物を振り回す。

作務衣の男は刃物が届かないと見切っているが如く、微動だにしない。

実際、刃物は男の首のギリギリを空振りした。

加賀美は引ったくりの男にタックルした。

ＺＥＣＴで鍛えられた格闘術で男を素早くねじ伏せ、男の右手から刃物を手放させ、関節を決めた。

そして加賀美は男から財布を奪い返した。

だが男は加賀美が安堵した一瞬のスキを見逃さず、ドン！　と加賀美を押し倒し、逃げていった。

「いって～」

と、押し倒された際に打った後頭部をさすりながら立ち上がった加賀美はジッとこっちを見ている作務衣の男と視線を重ねた。

「危ないじゃないか。なぜ逃げないんだ？」

「俺は誰からの指図も受けない。俺の通る道は俺が決める」

相変わらず作務衣の男は堂々としていた。

「はあ……？」

加賀美はその返答に呆気《あっけ》にとられた。

「そしてもう一つ。へたにかわせば」

作務衣の男は持っていたボウルの中の物を見せて言った。

「せっかくの豆腐が崩れる」

加賀美はさらに呆《あき》れて言った。

「あのな、運良く助かったからいいようなものの、へたすりゃ刺されてたかもしれないんだぞ」

「運良くという言葉は俺にはない。だいいちこんななまくらは俺の命まで届かない」

男は引ったくりが落としていった刃物を下駄で踏みつけた。

「なんなんだ？　おまえ」

「おばあちゃんが言っていた」

作務衣の男は神が降臨したかの如く、人差し指を天に向けてこう言い放った。

「天の道を往《ゆ》き、総《すべ》てを司《つかさど》る男……」

思わずその人差し指の先を見上げる加賀美、そこには眩《まぶ》しい太陽が輝いていた。

「俺の名は天道総司《てんどうそうじ》」

光り輝く天道の姿には後光が差していた。

それが加賀美と天道の出会いだった。

天道は都心の住宅地に建つ一軒家に妹の樹花《じゅか》と二人で暮らしていた。

「お兄ちゃん、おはよ〜！」

朝、制服姿の樹花が階段を駆け下りてくる。

台所では天道が見事な包丁捌《さば》きで葱《ねぎ》を刻み、煮立つ前の味噌汁にその葱を入れる。

食卓にはすでに釜で炊いた飯、焼きたての鮭《さけ》、大根おろし、焼き海苔《のり》が並んでいた。

「うわ〜、お兄ちゃん、今日の朝ごはんもおいしそ〜！」

「その台詞、食べてから言ってもらいたいね」

天道が、豆腐の入った味噌汁を差し出す。

「いただきま〜す！」

と、元気に味噌汁を飲む樹花。

「う〜ん、おいし〜！　おダシ変えたんだね」

「よくわかったな。味噌汁は具によってダシを変えるのがポイントだ」

「でもさ、こうして食事を作ってくれるのはありがたいんだけど、いい加減、働くなり、学校に行くなり、したら？」

「俺は準備に忙しいからな」

天道は自分のコーヒーを持ってリビングへ移動する。

「またそれ？　だいたいなんの準備なの？」

「それは俺にもわからない。だからこうして待っている」

天道は窓辺に立って外を眺めながらコーヒーを飲む。

「でも必ずその時が来る。それだけは間違いないんだ」

振り返ると天道は優しい笑顔を樹花に見せた。

「なんだかよくわからないけど……ま、いっか。お兄ちゃんの言うことで間違ってたことなんて一度もないもんね」

樹花はそれが自分の仕事であるかのように元気よく朝ごはんを食べた。


とある路地裏を珍しくスーツを着た加賀美がキャリングケースを持って歩いていた。

やがて加賀美は同じキャリングケースを持つスーツ姿の男のそばに立った。

二人は互いに襟の裏のＺＥＣＴのバッジを見せ合い、視線を重ねると互いのキャリングケースを交換し、そ知らぬ顔で歩き去った。


そこから三百メートルほど離れた路上にＺＥＣＴの指令車が停車していた。

加賀美はさっき交換したキャリングケースを持って指令車の中へ乗り込んだ。

車内では岬と田所が待っていた。

「つけられてないわね」

「もちろん確認しました。あの、このキャリングケースには何が入っているんですか？」

加賀美は田所の表情を窺《うかが》うが田所はいつものポーカーフェイスのまま無視をした。

「あなたはまだ知らなくていい」

と、岬がさらに追い打ちをかける。

「ひどいな、俺だって一応ＺＥＣＴのメンバーですよ」

「いいだろう。見せてやれ」

田所の意外な発言に不満な表情を浮かべる岬。

キャリングケースからその中身を取り出すとそれはライダーベルトだった。

「加賀美君、これこそ私たちがワームに対抗し得る秘密兵器の第一号よ」

「じゃあついに完成したんですね。マスクドライダーシステム！」

加賀美は愛おしそうにベルトを眺めると決意の表情になって田所に対峙《たいじ》した。

「田所さん！　俺にやらせてください！　お願いします！」

「親の七光りでわがままが通るほどＺＥＣＴは甘くないわ」

「親父は関係ないです！」

加賀美の父親、加賀美陸《りく》は警視総監であった。だがそれは表の顔で裏ではＺＥＣＴの最高司令官を務めていた。

「ライダーベルトを装着すべき資格者は、じき本部から送られてくる……」

「本部から？　いったいそれは誰なんですか？」

「知らん。俺もそれを待っている」

それっきり田所は口をつぐんだ。

加賀美は諦めきれずにいた。


天道はバイクが置いてある自宅のガレージで腹筋、背筋、腕立て伏せで汗を流していた。

それを終えると天井からぶら下げたサンドバッグにパンチとキックをぶち込んだ。

それらの鍛錬はこれまで欠かさず続けてきた天道の日課だった。

汗に濡《ぬ》れた鍛え抜かれた体をタオルで拭いた天道はロッカーからある物を無造作に取り出した。

それはあのシブヤ隕石の日に、父の擬態から受け取ったベルトだった。

「おまえ、いつまで俺を待たせるつもりだよ」

天道はそうベルトに喋《しゃべ》りかけてみた。

もちろん返事はない。

ガレージのシャッターを開けるとまぶしい外光が差し込んだ。

天道はレーシングタイプのバイクのエンジンをかけた。

エンジンが程よく暖まって心地いい音を立てると、天道はタンクバッグにベルトを入れ、バイクで走り出した。

ハラジュクの路上でアクセサリーを売る女性の店員が二人、おしゃべりで奇声をあげて盛り上がっている。

少し離れた位置からそれをジッと見ている少女が一人、自転車を引いて立っているひよりだった。

ふいに一人の男が店員に話しかけた。

「店員失格だな。客があんたたちのおしゃべりが終わるのをずっと待ってるぞ」

「は？」

男は天道総司だった。

だがひよりからすればその男は通りすがりの赤の他人だった。

ひよりはまだ知らないのだ。七年前シブヤ隕石が落ちた日から、天道がつかずはなれずひよりを見守っていた事を。そしてこの男が命の恩人である事を。

天道はひよりには何も言わないまま颯爽《さっそう》と歩き去った。

ひよりは男の顔は見なかったが、男が手にする買い物袋からはみ出た葱などの食材には目をやった。

店員がいぶかしげな顔でひよりを見て問いかける。

「あの、何か？」

「……欲しいんだけど」

ぶっきらぼうに答えるひより。

「何を？」

ひよりは「わかれよ」という思いでジッとアクセサリーを見つめる。

「え？　どれが欲しいの？」

「……もういい」

ひよりは自転車を引いて歩き去る。

その一部始終を少し離れた場所に停車していたバイクから天道が見ていた。

やがて自転車を引いてやってきたひよりと天道の視線が交錯する。

ひよりはすぐに天道から視線を外し、通り過ぎようとしたが、天道のバイクを見ると立ち止まり、ジッとバイクを見つめた。

「？」

天道が不思議に思っているとひよりがポツリと呟《つぶや》く。

「かわいそう」

天道にもひよりが何を言っているのかわからない。

ひよりは引いていた自転車をガードレールにたてかけた。

「……どこが痛い？」

と、バイクに触り、バイクと気持ちを同化させたひよりは後部タイヤに刺さっていた釘《くぎ》に気づいた。

その様子を見ていた天道も釘に気づき、バイクに常備している工具箱から出したペンチでその釘を引き抜いた。

幸運なことにパンクはしていなかった。

「人と話すのは苦手だがマシンとは話せるってわけだ」

天道がひよりに話しかける。

ひよりはそれでも天道の顔を見ない。バイクを見つめたまま呟く。

「バイクが前が重いって言ってる。タンクバッグの中身のせいだ」

「そこには全人類の希望ってやつが入ってる。この俺に比べれば軽いもんだ」

ひよりにはその自信に溢《あふ》れた天道の言動がいちいち癇《かん》に障《さわ》る。

ひよりは何も言わず、たてかけていた自転車を引いて歩き出した。

天道も何も言わずにヘルメットを被ったがその目はしっかりとひよりを追っていた。

するとひよりのそばにバイクが止まった。メットを取るとひよりと同じバイト先で働く加賀美だった。

「ひより、店に行くんだろ？　乗ってけよ」

「僕にはこれがある」

と、ハンドルを握ったその自転車に「Bistro la salle《ビストロ・ラ・サル》」のコースターが挟《はさ》んであった。

天道はそのコースターに書かれていた店名をしっかり頭に入れた。

ひよりは自転車に乗ってこぎ始めた。

取り残されたバイクの二人。

そのうちの一人、加賀美は背後にいるのがあの天道総司とは気づいていなかった。


そのころ、住宅街の道を一人の男が歩いていた。

その男は倉庫街でワームに殺されていた警備員と同じ顔の男だった。

男の正体は警備員に擬態したワームであった。

その男がアパートに入るのを停車中の車内で張り込んでいた若い刑事と初老の刑事の二人組が確認した。

「間違いありません、先日殺されたはずの警備員です。確保しますか？」

「いや、我々警察にできるのはここまでだ」

「え？　どういうことですか？」

「俺もよくは知らんが、上と繋《つな》がりのある組織が動いているらしい。ま、触らぬ神にたたりなしよ」

初老の刑事は携帯電話を出してコールしようとした。

だがなぜかデジタルの時計が異常な速さで時を刻み始めた。

ふと振り返ると後部座席に警備員の男が無機質な顔で座っていた。

「なっ⁉」

驚く刑事たち。

警備員の男は一瞬にしてワームに姿を変えると刑事たちに襲いかかった。

「キシャアアアアア！」

「わあああああああ！」

刑事たちの悲鳴が車内に響き、鮮血がフロントガラスに飛び散った。

十数秒後、刑事二人は絶命していた。

そしてワームは今度は初老の刑事のほうに擬態した。

だがそれを偶然通りかかって目撃してしまった人物がいた。

自転車に乗ったひよりだった。

ひよりは慌てて自転車の向きを変え、走り去った。

擬態を終えた初老の刑事が無機質な顔でひよりを目で追った。

走行中のＺＥＣＴの指令車に本部からの通信を受けた岬の声が響き渡った。

「ワームです！　本部からは今度こそ始末しろとの命令です」

「言われなくてもわかっている」

ムスッとした顔で答える田所。

加賀美はカメラの準備をしながら岬に聞く。

「本部から来るっていう人はどうなってるんですか⁉」

「いまだに連絡が取れないわ」

「そんな！」

加賀美は車内の隅に置かれた何かに視線を送った。

ライダーベルトだった。

速度を上げたZECTの指令車が停車中の一台のバイクの横をすり抜けていった。

それは天道のバイクだった。

すれ違いざま、タンクバッグの中でベルトの機動音が聞こえ、天道はタンクバッグから
ベルトを取り出した。

するとベルトが蘇《よみがえ》ったように機能を始めていた。

「やっとお目覚めか……？」

天道はニヤリとして何かを察した。そしてバイクに跨《また》がるとアクセル全開でZECTの
指令車を追った。

ビル街の裏通りを、ひよりはさっきの化け物が追ってきやしないかと何度も振り返りながら自転車で走っていた。

だが突然、前方から何者かにハンドルを摑《つか》まれ、急停車させられた。

「！」

さっきの初老の刑事だった。

ひよりは恐怖に硬直しながら自転車を降り、後ずさる。

初老の刑事はニヤリと微笑んでワームへと姿を変える。

必死に逃げるひより。

追いかけるワーム。

ひよりは必死に逃げ続けたが転んでしまう。

それを見たワームは余裕で歩いてくる。

恐怖で動けないひよりが万事休すと思った瞬間、ＺＥＣＴの隊員車と後方にＺＥＣＴ指令車が駆けつけた。

ゼクトルーパーが飛び出し、ひよりが近くにいるにもかかわらず、ワームに向かってマシンガンを放つ。

と、同時に加賀美がＺＥＣＴカメラを持って車外に出たが、ワームに襲われていたのがひよりだと気づいた。

「ひより⁉　なんでおまえがここに⁉」

加賀美は通信マイクに向かって叫ぶ。

「直ちに攻撃を止めてください！　一般の人を巻き添えにするつもりですか！」

だがゼクトルーパーに攻撃を中断する気配はない。

加賀美は撃ち続けるゼクトルーパーの銃身を握ってよそへ向けるが逆にゼクトルーパーに肘うちを食らった。

「ゲハッ⁉」

加賀美がみぞおちを押さえてうずくまる。

ひよりは銃弾の飛び交う中、なんとか立ち上がり、走り去る。

それを見て安心する加賀美は、やっと自分の職務である撮影を開始した。

車内でその映像を分析した岬が叫ぶ。

「脱皮します！」

ワームは脱皮してアラクネアワームに変身した。

「キシャアアアアアア！」

アラクネアワームは通常の打撃攻撃でも圧倒的なパワーでゼクトルーパーを次々に倒していく。

加賀美は通信マイクに向かって叫ぶ。

「田所さん、マスクドライダーシステム、俺に使わせてください！　お願いします！」

指令車の車内で田所が答える。

「ダメだ。本部の許可がない」

「でもこのままでは！」

「クロックアップします！」

アラクネアワームはクロックアップして超高速移動を開始した。

隊員たちはさらに次々と倒されていく。

それを見た加賀美は指令車へと走った。

そして車内に駆け込むと田所に直談判した。

「俺にやらせてください！　俺、命をかけてやり遂げてみせます！」

「加賀美君！　いい加減にしなさい！」

岬が加賀美を止めるが加賀美はそれでも引かなかった。

「お願いします！　田所さん！」

田所は迷っていた。だが決意した。

「やむを得んか」

「田所さん、それでは本部の立場が」

「本部には俺が話す……加賀美、ライダーベルト、おまえに託そう」

田所はライダーベルトを加賀美に渡した。

加賀美はそのズッシリと重いライダーベルトを受け取った。

「はい！」

加賀美が指令車から飛び出していく。

加賀美は走った。

だが駆けつけたときにはアラクネアワームが最後のゼクトルーパーを倒したところだった。

しかもアラクネアワームは他の二匹と合流し、計三匹になっていた。

色違いの三匹のアラクネアワームは加賀美と視線を合わせたが、まるで相手にせず、悠然と立ち去ろうとした。

「待て！」

加賀美が叫んだ。

「俺は貴様たちを許さない！」

加賀美が着ていた上着を振り払うと腰にはライダーベルトが巻かれていた。

「貴様らワームはすべて俺が倒す！　倒してみせる！」

加賀美は右手を天に掲げ、変身ポーズを取った。

時空の壁を破る衝撃波と共にカブトゼクターが飛来してきた。

「来た！」

加賀美が手元まで飛んできたカブトゼクターを摑もうとする。

だが、カブトゼクターはなぜか弧を描いてあらぬ方向へ飛んでいった。

「おい！　どこへいくんだ！」

そのカブトゼクターの飛んでいく先には太陽を背に天道総司が立っていた。

「選ばれし者は俺だ」

「なにっ⁉」

天道は天に掲げたその手でカブトゼクターを摑んだ。

「いま、俺はこの手で未来を摑んだ！」

天道が服を払うとその腰にもベルトが巻かれていた。

「アッ！　なぜおまえがライダーベルトを⁉」

「俺はこの時を待っていた、いや、この一瞬のために生きてきた」

「やめろ！　それは俺のカブトゼクターだ！」

天道はカブトゼクターをベルトにセットして叫ぶ。

「変身！」

天道は仮面ライダーカブトに変身した。

その変身の際に発せられる衝撃波に吹っ飛ぶ加賀美。

颯爽と立つメタルチックなマスクドフォームのカブト。

『ヒヒイロノカネ』という未知の金属で作られたマスクドアーマーが全身を覆っている。

アラクネアワームが三匹同時にカブトに打撃攻撃をしかける。

そんな攻撃などまるで効かないとばかりに身動き一つしないカブトは、カブトクナイガンを構えると至近距離からガンモードで銃撃する。

その一撃で爆裂霧散《ばくれつむさん》する一匹のアラクネアワーム。

カブトは余裕で残り二匹のアラクネアワームに近づきながらレーザーサイトで狙いをつけ、ガンモードを連射する。

銃撃でズタズタになっていく二匹のアラクネアワームは、超高速移動で消えた。

「まずい！　超高速移動された！」と、加賀美。

ガツン！

二匹のアラクネアワームは超高速移動しながら停車していた車にクモの糸でカブトを固定し、二匹同時の激しい攻撃でカブトごと車を大破させた。

ドーン！

爆風に吹っ飛ぶカブト。

「おい！　大丈夫か⁉」

カブトに駆け寄ろうとする加賀美だったが、アラクネアワームからの一撃を浴びて吹っ飛んだ。

倒れながらもカブトを心配する加賀美をよそにカブトはまるでダメージがなかったかの如く起き上がった。

「これがワームの超高速移動か……おもしろい」

カブト、いや、天道にはどこか余裕があった。

「あいつ、もしかしてわざと？」

それが加賀美にはよけいに悔しい。

「おもしろがってる場合じゃないぞ！　天道！　全力で敵を倒せ！」

「おばあちゃんが言っていた。俺が望みさえすれば、運命はたえず俺に味方する！」

「はあ？　何いってんだおまえ⁉」

カブトがベルトに装着したカブトゼクターの角レバーを引く。

「キャストオフ！」

飛び散ったマスクドアーマーの破片がアラクネアワームに命中し、二匹のうちの一匹が爆裂霧散した。

ドーン！

その爆煙の中、ライダーフォームに変身したカブトが颯爽と立っていた。

「あれが真のカブト……あっ⁉　もしかしてカブトにもあの超高速移動の機能が⁉」

アラクネアワームが超高速移動して消える。

するとカブトがベルトのサイドにあるスイッチを叩《たた》いた。

「クロックアップ！」

タキオン粒子が全身を駆け巡り、カブトも超高速移動で消えた。

ドガッ！　ガツッ！　ドガガッ！

加賀美にはまったく見えない超高速の世界でカブトはアラクネアワームと打撃戦を演じ、その鍛え抜かれた格闘技術でアラクネアワームを圧倒した。

ズシャアアアア！

次に加賀美が目にしたのはカブトの攻撃で吹っ飛び、地面をスライドするアラクネアワームの姿だった。

立ち上がったアラクネアワームが怒りに任せてカブトに迫る。

「キシャアアアアア！」

余裕で背中を向けて待ち受けるカブトがベルトのスイッチを操作するとベルトが発光した。

「ライダーキック！」

カブトの振り向きざまのライダーキックがアラクネアワームに炸裂《さくれつ》した。

アラクネアワームは爆裂霧散した。

カブトは天道が初めて加賀美に自己紹介したときと同じように悠然と右手を天に掲げ

た。その指の先には太陽が輝いていた。

加賀美には眩《まぶ》しすぎる存在だった。


そのころ、ZECT本部にある総司令官の部屋で加賀美陸が部下の三島正人《みしままさと》から報告を受けていた。

「そうか、ついにカブトが……」

「しかし我々ZECTに属さない者がライダーになることは許されません」

「……君はフクロウは好きかね？」

「は？」

「たとえ獲物が暗闇にまぎれ、息を殺して隠れていても、鋭い爪で仕留める……見事なもんだよ」

「……わかりました。カブトに変身した男、必ず探し出してみせます」

三島は陸に向かって深く頭を下げたが、その顔は能面のようでまるで表情というものがなかった。

ZECTの本部もワーム殲滅に向け、本格的に動き出そうとしていた。

ついに人類とワームの本格的な戦いの火ぶたが切って落とされたのだった。

決戦！①

ワームとZECT《ゼクト》の戦いにマスクドライダーシステムが投入されるようになってから、半年が経過した。

そして今、警視総監、加賀美陸による重大な発表が、全国のテレビ放送、およびネット配信によって始まろうとしていた。

すでに地球外生物の脅威にうすうす勘づいていた国民の大多数はさまざまな街の巨大なモニターの前で、電気量販店にディスプレイされているテレビの前で、会社や飲食店や各家のテレビやパソコンの前で、携帯の液晶画面の前で、その発表を待っていた。

カメラとマイクが固定された壇上におもむろに上がった陸は、これまで明らかにされていなかった対ワームの戦闘組織、ZECTの存在についてまず説明し、自分が警視総監という立場であると同時にZECTの総司令官でもあったことを明かした。そしてこう続けた。

「七年前、シブヤに落下した隕石《いんせき》についてはいまさら言うまでもありません。隕石は街を破壊し、多くの方の命を犠牲にし、我々の心に大きな風穴を空けました。しかし我々はけっしてその困難に屈しなかった。むしろ人々の絆《きずな》をより強固なものとし、手を取り合い、助け合い、その困難を乗り越え、現在に至っております。私はそんな人間の叡智《えいち》と勇気をまず称賛したい。誇りに思いたい……しかし一方でこれまで皆さんに重大な事実を隠してきたことを謝らなければなりません。我々はこれまで全世界がパニックになることを懸念し、発表を控えていたのですが、世界各国のマスコミでもそのことに関する報道がなされ、またネットで繰り返し発信されるそれらの動画映像が増える一方の現状を鑑み、これは隠し通せるものではないと判断しました。そして本日ここに発表させていただくことと相成りました」

陸の話に合わせ、陸の背後に備え付けられたモニターではシブヤ隕石とワームの卵の映像等が順次映し出されていく。

「じつはシブヤ隕石と呼ばれている隕石はただの隕石ではありませんでした。それは……とある卵を運ぶ、『揺りかご』だったのです。その卵とは……地球外生物の卵でした。残念なことに我々がそれに気づいたときにはすでに地球外生物は誕生していました。我々は暫定的にそれをワームと名付けました」

さらにモニターにはワームの人間への擬態《ぎたい》映像などが映し出されていく。

「彼らは昆虫が持っているような擬態能力を有した残酷で狡猾《こうかつ》な生命体でした。人間の姿形を完璧にコピーするのに留まらず、その記憶までをも完璧にコピーし、一般社会に溶け込んでいるのです……我々はその未曾有《みぞう》の危機に対し、対ワーム戦闘組織、ＺＥＣＴを創設しました。その総司令官が私、加賀美陸です」

モニター映像は仮面ライダーカブト、ザビー、ドレイク、ガタック、サソード、そしてゼクトルーパーの活躍シーンに切り替わった。

「我々は人類の叡智を結集し、時として超高速で移動するワームの脅威に対抗すべく、マスクドライダーシステムを開発しました。その結果生まれたのが仮面ライダーカブト、ザビー、ドレイク、ガタック、サソードです。我々はこれらの優秀な戦士を次々に戦いに投入し、ワームを撃退することに成功しました。そしてついに……！　やがてはこの地球上のすべての人類に成り代わろうとしていたワームの本拠地を突き止めて破壊、ワームたちもそのほとんどを殲滅《せんめつ》しました」

陸は改めて画面を見つめ、諭すように言った。

「私からの報告は以上です……皆さん、ご安心ください。事態はすでに沈静化しつつあります。何も心配することはありません」

陸は深く頭を下げた。

全国に向けての放送はそれで終わった。

放送を見た人々は一様に安堵《あんど》した。

それは地球外生物の侵攻というとんでもない内容であったが、それがすでに鎮圧されようとしていると知り、安心したのだった。

「ご苦労様でした」

会見場の控え室では発表を終えた陸を『根岸《ねぎし》』が出迎え、その労をねぎらった。

だが、じつは……会見はあたかもこれまで握っていた秘密を陸がすべて洗いざらい話したかに見えたが、全国民に隠している事実がまだあった。

それはカブトやガタックを生んだマスクドライダーシステムが三十五年前にやはり隕石と共に地球にやってきた地球外生物ワーム、その中でも『ネイティブ』と呼ばれている種族の協力を得て、開発されたことだった。

また、陸はワームが現在ほぼ壊滅状態にあると言ったが、それは七年前の隕石から生まれた『武闘派』と呼ばれるワームだけであり、ネイティブたちは相当数の者がいまだに人類にまぎれて生活を営んでいた。

そのネイティブの頂点に立っている者こそ、この『根岸』という男だった。

「では武闘派ワームを完全に殲滅した後には、約束どおり、すべてのマスクドライダーシステムを回収させてもらってもいいですよね」

人の良さそうな優しい顔で、厳しい要求をするのが根岸という男の常だった。

陸は一瞬だけ苦い顔をしたが、すぐに笑顔を作り、「もちろんです」と返事した。

だが陸の背後に控えていた三島は不満を露わにした。

「そしてマスクドライダーシステムの回収が終われば、ＺＥＣＴも解散してくれるんですよね」

「当然です」

陸のそのへりくだった態度に三島はさらに不満げな顔になった。

根岸はそんな三島の不満を察してか、あどけない笑顔で言う。

「いやあ、照れくさいんですけどね、僕はマスクドライダーシステムの回収とZECTの解散を真の平和への第一歩にしたいと思っているんですよ」

陸はそんな根岸の言動を「素晴らしい」と称賛しつつも、目は笑っていなかった。

陸は緑色の宝石の付いたネックレスを取り出し、根岸に聞いた。

「ところでこれは何ですか？」

一瞬、根岸の視線が鋭くなったが、すぐに笑顔に戻った。

「いやあ、すいません、一刻も早くと思って国民の皆さんに配布を始めてしまいました」

「配布を？」

さらに三島の顔が曇るが根岸は笑顔のままで続ける。

「このネックレスは簡単に言うと武闘派ワームの感知器ですよ。奴らが近づくとこれが赤くなって知らせてくれるんです」

「ほう……それは素晴らしい」

陸も笑顔で褒《ほ》め称《たた》える。しかし陸の目はやはり笑っていない。

「しかしなぜ今ごろ……？」

鋭い視線で問いただす陸に根岸が答える。

「いやあ、もっと前に完成できていればなあ。武闘派ワームの殲滅にもっと協力できたのに……いやあ、我々ネイティブも力足らずで恥ずかしいですよ」

根岸が「いやあ」と言うたびに三島は苛《いら》つく。

一方の陸はいつもの笑顔で根岸に頭を下げた。

「感謝します」

毎度、根岸に向かってへりくだった態度を見せる陸。

三島にはそれがどうにも腹立たしかった。それはかつて陸と根岸の間で交わされた密約について知ったときの苛立ちと同じだった。

その密約とは『人類はけっしてネイティブを殺傷しない。ネイティブもけっして人類を殺傷しない』というものだった。

三十五年前、最初の隕石と共に地球へやってきたネイティブワームは武闘派ワームが何十年か後に隕石という揺りかごと共にやってきて、地球を征服しようとすると警告した。

なぜならネイティブ自身も武闘派ワームの侵略を受け、この地球に逃げてきたからであった。

「武闘派ワームは我々ネイティブを滅ぼそうとするでしょう。しかしその際、人類も巻き添えを食らい、全滅させられるでしょう」

人類は「武闘派ワームに全滅させられるか」「ネイティブに協力して武闘派ワームを全

滅させるか」、そのどちらかの道を選ぶしかなかった。

　そして後者を選んだ人類はそう遠くない将来、武闘派ワームの脅威と戦うため、ネイティブと共にマスクドライダーシステムの開発に着手したのだった。

　しかしかねてよりネイティブに不信を抱いていた若き加賀美陸と総司の父でZECTの開発者の一人、日下部総一《くさかべそういち》は、万が一ネイティブが人類を殲滅しようとした際、反撃ができるよう、コードネーム『赤い靴』をマスクドライダーシステムに密かに搭載した。

　その赤い靴とは武闘派ワームとネイティブを完全に殲滅するまで戦闘を止めない、いわば暴走スイッチのことであった。

　加賀美陸と日下部総一は赤い靴を搭載した危険な仮面ライダー「ガタック」と「カブト」が最悪の場合、一般の人々をも犠牲にしてしまうことを懸念し、その罪深き資格者に自分たちの将来の息子が選ばれるよう、「カブトゼクター」と「ガタックゼクター」に秘密のプログラムを仕組んでおいた。

　しかし、将来カブトの資格者になることが約束されていた日下部の息子、総司が三歳になったとき、悲劇が起こった。

　日下部総一の行動に不信を抱いていたネイティブは総一と妻のさとみに擬態した上で、二人を殺害したのだ。まだ三歳の総司の目の前で……。

　だが総司だけは奇跡的にその場から逃げ延びた。

一方、妊娠していたさとみに擬態したネイティブは、殺害する前にそのお腹の中にいた赤ん坊をも完璧にコピーした。

やがて生まれた赤ん坊は出産前に決められていた名前のとおり、ひよりと名付けられた。

総司は母方の祖母に引き取られ、以後、天道姓を名乗るようになった。義妹となる樹花が生まれたのはその五年後である。

そして最初の隕石から二十八年後、総司十四歳のとき。

憎き仇であるネイティブワームに復讐を遂げようと擬態の総一とさとみの後をつけ、地下鉄のホームで初めてひよりを見たとき、シブヤに隕石が落下したのだった。

この二つ目の隕石にはネイティブが言っていたとおり、武闘派ワームの卵がぎっしりと詰まっていた。

ネイティブワームが恐れていた武闘派ワームの追撃が、この日を境についに始まったのだった。

街の一角にある公園にはいつもどおりの見慣れた光景があった。

おしゃべりする者、運動する者、愛を語りあう者。

そんな中、ベンチに座って本を読んでいた男は、根岸が配ったと言っていたネックレスを首に巻いていた。

その前を音楽を聴きながらジョギングする男が通り過ぎた。

ベンチの男のネックレスの緑の宝石が赤くなった。

男は慌てて携帯電話を取り出すとジョギングの男に聞かれないよう、手で口元を覆い隠しながらこう伝えた。

「もしもし、たいへんです、ワームです」

根岸が言っていたとおり、そのネックレスは優秀なワーム探知機として機能していた。

ジョギングの男はそんな報告をされたことも知らず、イヤホンで音楽を聴きながら黙々と走り続けていた。

しかし数分後、突如現れたゼクトルーパーに包囲され、いきなりマシンガンブレードの銃口を向けられた。

ジョギングの男はすべてを察し、ワームに変貌した。

だが同時にゼクトルーパーは容赦なくマシンガンブレードの引き金を引いた。

ネイティブの協力でさらに改良された新マシンガンブレードの弾丸はワームの固い緑色の表皮を突き破り、その全身を蜂の巣にした。

ワームは己の体から吹き出た緑色の体液にまみれ、絶命した。

その様子を遠巻きに見ていた男たちがいた。

天道と加賀美だった。

「この調子でワームを退治していけば、俺たちの勝利も時間の問題だな、天道」

誇らしげな加賀美の表情とは対照的に天道は物憂げな表情をしていた。

「いや、本当の勝負はこれからだ」

「え？　どういう意味だよ。ワームはもうあとわずかしか残ってないんだぞ」

「どうかな？」

「どうかなって、なんだよ！」

「じき、嵐が来る」

天道はそう言って歩き出した。

「おい、待てよ！　どこへ行くんだよ！」

「久しぶりにサバ味噌が食いたくなった」

「ビストロ・サルに行くのか？　だったらオレも」

「おまえと並んで歩くほど物好きじゃない」

「なにっ⁉」

怒る加賀美を振り返りもせず、天道は歩き去った。

ひよりはいつものように軽快に自転車を走らせてビストロ・サルまでやってきた。

するとと店の前で天道が仁王立ちで待っていた。

「ひより、遅いぞ」

さも待ち合わせをしていたかのような天道の態度に、ひよりはムッと無言で睨《にら》み、なんの返事もしないで店内へ入っていった。

するとまた、さも当然という顔で天道はひよりの後に続いて店内に入ってきた。

「ほら、材料を用意してきてやったぞ」

天道は厨房《ちゅうぼう》のテーブルにたくさんのさまざまな食材を並べた。

「材料？」

天道は手書きのレシピをひよりに渡した。

「これ、僕が以前書いて弓子《ゆみこ》さんに渡したレシピ……」

「よくできている。それをひよりシェフのデビューメニューにしろ」

「僕のシェフデビュー？」

「そうだ。さあさっそく作るぞ」

天道が食材を手に取る。

「勝手に決めるな」

ひよりは天道の手を止めようとした。

するとそこへ店のオーナーシェフの竹宮《たけみや》弓子がやってきた。

「ひよりちゃん、やってみようよ」

「でもシェフデビューって……？」

「じつは私、もう一軒、お店をオープンさせようと思っているのよ。それでできればこの店のシェフになってほしいのよ、ひよりちゃんに」

「そんな……無理です、絶対」

するとと天道が言う。

「よし！　ひよりのシェフデビューは一週間後だ」

「だから勝手に決めるなって」

「あたしも応援するから、やるだけやってみようよ！　ねっ！　ひよりちゃん！」

人として、料理人として尊敬している弓子にそう言われるとひよりは断れなかった。

だが「わかりました。やってみます」とも言えなかった。

結局はいつもの沈黙になった。

だが天道は勝手に食材の下準備を始め、天道の勢いにひよりも乗せられるまま、料理を始めるのだった。

「押さないでください！　順番です！」

数日後の街の一角にはゼクトルーパーの監視のもと、ネックレスを配る岬と訓練生の高《たか》鳥蓮華《とりれんげ》の姿があった。

そんな岬たちの前にはネックレスをもらおうとする人たちが押し寄せていた。

「一列に並んでくださ～い！」

ネックレスは次々に人々の手に渡っていった。

「これ、補充分です」

加賀美がギッシリとネックレスが入った段ボール箱を岬の元へ運んできた。

「この分だとまたすぐになくなりそうね」

「ええ。でもこの調子でネックレスが全国民に行き渡れば、どこかで息を潜めているワームもきっとあぶりだせますよ！」

「あ～！　泥棒！」

蓮華の声が響いた。

三つのネックレスを奪って逃げていったのは影山《かげやま》だった。

「影山さん、一人一つまでですよ」

「ケチケチするな、加賀美。これまで俺と兄貴がどれだけのワームを倒してきたと思っている。これでも足りないぐらいさ」

影山瞬《しゅん》にはゼクトルーパーの精鋭部隊『シャドウ』の隊長だったころの面影は一つもない。

一方、ネックレスの配布に群がる人々を見ていた田所の背後に根岸が現れた。

気配を殺し、いつの間にか背後に忍び寄って相手を観察する根岸のいつものやり方が田所は苦手だった。

「いやあ、ネックレスは大人気ですね」

田所はZECTの総司令官たる陸と同等の立場にある根岸に、当然の如く、深々とお辞儀をした。

「よしてくださいよ田所さん。頭を上げてください」

田所が頭を上げると根岸は屈託のない笑顔で言う。

「で、どんな感じですか？　ネックレスの配布は？」

「順調です。問題があるとしたら、我々が担当するエリアの在庫がなくなりかけていることぐらいです」

「いやあ、まいったな。もっとネックレスの生産速度を上げないとね。これからもよろしく頼みますよ、田所さん」

「ハッ！」

田所は再び深々とお辞儀した。

天道は久しぶりに樹花と夕飯の買い物に出かけ、おしゃべりをしながら帰っていた。

そんな二人の前を根岸たちが配るネックレスをした女の子たちが駆け抜けていった。

「かわいいな〜。あたしも欲しいな〜」

樹花がうらやましそうな顔でそう言うと天道は厳しい顔で言った。

「ダメだ。あれをすることは許さん」

「え〜！　学校でもみんなしてるよ、タダだし」

「タダより高い物はない。樹花にはもっと似合うネックレスを俺がプレゼントしてやる」

「ほんと⁉　ラッキー！」

樹花は嬉《うれ》しそうに天道と腕を組んだ。

だが天道は心の奥で「もう待てない」と思っていた。

密かにある行動を起こすことを天道は決意していた。


街のさまざまな場所でワームを巡る血なまぐさい事件が頻発した。

コンビニの駐車場でヤンキー座りをしていた若者が、ネックレスをした店員の通報によってゼクトルーパーに包囲された。若者は擬態を解き、ワームになって逃げようとしたがマシンガンブレードで銃殺された。

普通の高校生がネックレスをした同じ学校の先生に通報され、校内でゼクトルーパーに包囲された。高校生はワームになって逃げようとしたが、生徒たちが見守る中で、マシンガンブレードで銃殺された。

　会社帰りのＯＬがネックレスをした駅員の通報でゼクトルーパーに包囲され、ワームになって逃げようとしたが、駅構内に集まった大勢の人々の目の前で、マシンガンブレードで銃殺された。

　そのようにして人々の日常生活の中に紛れていたワームが、ネックレスの反応を証拠に次々と通報され、ゼクトルーパーによって惨殺されていった。


　その夜、ＺＥＣＴの指令車では加賀美、岬、田所がそれらの報告を受けていた。

「あのネックレス、効果抜群ですよ」

　加賀美の言葉に岬も続く。

「これもすべてネイティブの協力のおかげですね」

　田所は一瞬何かを考えていたが、いつものポーカーフェイスで答えた。

「そう思ってもらえるなら、俺も嬉しい」

　そんな田所の携帯が鳴った。

「なにっ⁉」

　電話の内容を聞いて田所の表情が曇った。

「出動するぞ。場所はエリアＤ－５」

「了解！」

加賀美と岬にも緊張が走った。

加賀美たちの乗った指令車が埠頭《ふとう》に到着すると、荷台を吹っ飛ばされた輸送車が横転していた。

急停止した指令車から加賀美と岬が飛び出し、横転した輸送車から脱出した隊員の元へと駆けつけた。

「けがはありませんか⁉」

「はい」

「何があったの⁉」

「それがネックレスを輸送中、突然攻撃を受けまして」

「攻撃？　相手は？」

「それが見えないんです」

「見えない？」

「気がついたときにはすでに荷台を」

「敵はクロックアップを使って攻撃してきたってこと？」

「おそらく……」

「ってことはワームによる犯行ですよね、岬さん」

「ええ……」

加賀美は思い出していた。

天道の言っていた嵐の予感を。


そのころ、ビストロ・サルの厨房では、ひよりが自分の作った料理の味見を天道にしてもらっていた。

もちろんひよりが頼んだわけではない。

天道が勝手に決めたことだ。

「まずまずだな。だがこの程度ではダメだ。俺を超えていない」

ひよりは天道の料理の腕を知っている。

偉そうな態度は気に入らないが、天道の舌に間違いはないと知っていた。

それゆえに天道の感想にひよりは肩を落とした。

「僕には料理の才能なんてないいんじゃないのか……？」

「おばあちゃんが言っていた。本当においしい料理は食べた者の人生まで変える」

「人生まで？」

「ああ。ひよりはきっとこれから、何人もの人生を変えていくことになる」

「おまえの言うことはいつもでかすぎるんだよ」

「人間がでかいんだから仕方ない。さあ諦めずにもう一度はじめからだ」

「……あとは僕一人でやるよ」

「いや、オレも手伝う」

「留守番ばっかりじゃ樹花ちゃんがかわいそうだろ」

「樹花が……？」

天道の脳裏に、一人ぼっちの家で寂しそうに待っている樹花の顔が浮かんだ。

ひよりにも天道が樹花のことを想っていることがわかった。

「僕は一人で大丈夫だ」

ひよりの天道を見つめる顔が少しだけ優しくなっていた。

「……ちゃんと完成させるんだぞ」

「その代わり最初の客にはおまえがなってくれ」

「光栄だな。約束する」

天道は小指を差し出した。

ひよりは少し躊躇《ちゅうちょ》した。

天道はじっと待った。

天道とひよりはお互いの背負っている残酷な運命を知っていた。

天道は地球を征服しようとするワームを倒す仮面ライダーカブト。

だが目の前にいるひよりは天道の妹に擬態したネイティブワーム。

ひよりも自分が天道の妹に擬態していたネイティブワームであることを知っている。

兄と妹でありながら、血の繋《つな》がった兄と妹ではない。

しかし二人は実の兄妹よりも強い絆《きずな》で結ばれていた。

けっして口には出さないが……。

ひよりはあのシブヤ隕石の日から心の支えにしていた天道の言葉を思い出していた。

「大丈夫だ。俺がそばにいる」

だが一度だけ天道はまったく逆のことを言ったことがある。

その会話はネイティブワームの世界にひよりを閉じ込めようとする擬態天道のこんな言葉から始まった。

「君もしつこいね。ひよりはもう帰らないと言っただろ？　ひよりはボクとネイティブワームだけの世界で暮らすのがいちばん幸せなんだ。それにボクは天の道なんか往かない。ひよりの兄、日下部総司として、ひよりだけを守って生きていく。それが君にできるの？」

「俺は……ひよりのそばにずっといてやることはできない」

その天道の言葉は、「そばにいる」という言葉をずっと心の支えとして生きてきたひよりを深く傷つけた。

「ほらみろ、おまえはひよりより世界を守るほうが大事なんだ」

「俺は世界を守らなければならない。ひよりの帰るべき世界を」

ひよりが天道の顔を見て聞く。

「僕の帰るべき世界？」

天道が静かに頷《うなず》く。

「僕はワームだ。あの世界は僕がいちゃいけない世界だ」

「おまえはたまたまワームとして生まれてきた。ただそれだけのことだ」

「……でもワームは人類の敵だ」

「違う。俺はワームだから戦うんじゃない。人をあやめ、小さな希望や夢さえも踏みにじる、そんな奴らを倒すだけだ……」

そうまっすぐひよりを見て言う天道の言葉が、ひよりの胸に突き刺さった。

「おまえは何も悪いことはしていない」

「…………」

ひよりは自分を勝手に人類の敵と卑下していたが、確かに天道の言うとおりだった。自分は悪いことなど何一つしていなかった。

「僕は……生きていて、いいのか？」

「いいに決まってる……俺はひよりが生まれて来てくれた事を嬉しく思う。本当に心の底から……」

「………」

「だから俺がおまえとおまえが生きるべき世界を守る……あのシブヤ隕石の日、俺はそう決めたんだ」

「………」

ひよりの脳裏にシブヤ隕石の大惨事の中での事がまざまざと浮かんだ。

「さあ帰るぞ」

天道が右手を差し出した。

その手はシブヤ隕石の日、か細いひよりの手を握ってくれた天道の手と同じだった。

ひよりはあの日、すべてを託して天道の手を握ったのだった。


そして今再び、ひよりはすべてを天道に託す気持ちで小指を差し出した。

厨房で二人は指切りをした。

二人の間を温かいものが走った。

星のきれいな静かな夜だった。

しかしその星々を雲が覆い隠そうとしていた。

その翌朝。

昨晩ワームに襲われたネックレスの輸送車と同型の輸送車が車の少ない早朝の道を走っていた。

その輸送車を運転するのは田所だった。

助手席には岬が座っていた。

「ワームは現れてくれるでしょうか」

「輸送車の襲撃は昨晩だけで三件だ。きっとまた襲ってくる」

田所は後部荷台を振り返って言った。

「加賀美、準備はいいいな」

輸送車の荷台の中は空っぽで、すでにガタックに変身した加賀美が待機していた。

「はい！　ばっちりです！」

だが加賀美がそう返事をした直後、突然の衝撃が襲いかかった。

輸送車は急停車し、衝撃音と共に荷台の外壁が吹っ飛んだ。

「どうしたっ⁉」

「何が起こったの⁉」

田所と岬が叫ぶ。

「わかりません！　でも何者かが超高速で攻撃をしかけてきています！」

「クロックアップ！」

ガタックもクロックアップする。

ガタックは自身が超高速移動したおかげで、それまで何も見えなかった空間に見えるものがあった。

「アッ⁉」

それを見たガタックは驚愕《きょうがく》した。

「カ、カブト⁉」

超高速で攻撃をしかけていたのはクナイガンを持ったカブトだったのだ。

「な、何でおまえが！」

だがそんな疑問に答えることなく、カブトは爆煙の中へと消えてしまった。

運転席から飛び降りた田所と岬が荷台のほうへとやってきた。

「加賀美！　犯人を見たのか！」

ガタックは何も答えない。いや、頭が混乱して答えられないのだ。

「加賀美君！　なんとか言いなさい！」

変身を解いた加賀美はボソリと呟《つぶや》いた。

「……すいません、一瞬のことだったので……」

「ウソをつくな！　正直に言え！」

「犯人は誰だったの⁉　加賀美君！」

正直者の加賀美に嘘をつき通すことはできなかった。

やがて加賀美はそれがカブトによる犯行だったと告白した。


度重なるネックレスの輸送車襲撃に、ＺＥＣＴとネイティブの幹部が集まって緊急会議が開かれた。

そこで田所は苦渋の表情でこう報告した。

「輸送車を襲っていた犯人が判明しました……カブトです」

会議に出席していた者たちが騒然となった。

「なぜカブトが……⁉」

「彼はワームの味方をするつもりなのか？」

陸はただ一人冷静だった。

席を立ち、根岸の元へ行った陸は、

「いかがいたしますか？」

と、根岸に尋《たず》ねた。

「いやあ、まいりましたね。これじゃあカブトは社会の敵、いや世界平和の敵ですよ」

いつもの人の良さそうな笑顔の根岸だが、その瞳の奥は魔を帯びていた。

陸はその魔を感じ取り、こう言い放った。

「では処分します」

「処分⁉　カブトをですか⁉」

三島が陸に詰め寄る。

「無論だ」

「本気でそんなことを言ってるんですか⁉」

陸に対して怒りを露わにする三島の態度。

会議室に走る緊張。

だがその緊張を打ち消すように根岸の「いやあ」という野太い声が響き渡った。

「残念だな〜。カブトこそ、武闘派ワーム殲滅の先頭に立ってくれるライダーだと思っていたんですけどね〜」

その根岸の発言はカブトの処分がすでに決定事項となったことを意味していた。

三島にはそれがよけいに不満だった。

「ところでZECTと関係の深い研究機関がネックレスを調べていたという情報が入ってるんですけど、それは本当ですか？」

根岸は再び瞳の奥に魔を帯びさせながら、陸に尋ねた。

「はい」

陸は即答した。

三島は自分さえも知らなかったその事実に驚いた。

そしてもしかすると陸がネイティブに対し、何かしらの考えを持ってすでに動いているのかもしれないと期待した。

「それは我々を疑っているということですか?」

根岸が魔の瞳で陸を問い詰める。

「滅相《めっそう》もありません。政治家どもを黙らせるためにやむなく……」

陸は根岸に向かって深々と頭を下げた。

「申し訳ありません」

根岸も何かを察したかのような鋭い視線になったが、すぐにまた笑顔になり、

「いやあ、それならいいんですよ」

と、野太い声を響かせて笑った。

指令車で待機していた加賀美、岬、蓮華に田所が会議の結果を伝えた。

「えっ⁉　カブトを処分⁉　そんな～⁉」

蓮華の素《す》っ頓狂《とんきょう》な声が車内に響く。

「加賀美、やってくれるか？」

複雑な表情のまま、押し黙っていた加賀美に田所がそう告げた。

「それは俺にカブトを倒せということですか？」

田所は無言でそれを肯定した。

「いくらなんでも加賀美君にその指令は酷《こく》です！」

岬が叫んだ。

だが加賀美は何かを決意したように呟いた。

「わかりました」

その加賀美の返答が岬には意外だった。

「相手は天道君なのよ。そんなこと加賀美君にできるの？」

「あいつのことは俺がいちばんよく知っています。あいつにはきっと何か考えがあるんです。それを聞き出せるのも俺だけなんです！」

加賀美の決意は固かった。

ＺＥＣＴによるカブト抹殺《まっさつ》作戦が動き出そうとしていた。

ビストロ・サルでは開店の準備をしていたひよりが朝刊の記事に釘付《くぎづ》けになった。

そこには天道の写真が掲載され、大きな文字で『全国指名手配』とあり、殺人未遂、銃刀法違反、国家機密漏洩《ろうえい》罪などの罪状がズラリと並んでいた。

それは突然、姿を消した天道をあぶり出そうとするZECTの作戦の一環だったが、何も知らないひよりには大きな衝撃だった。


天道の家でも樹花が同じように新聞記事にショックを受けていた。

「お兄ちゃん、帰ってこないと思ったら……」

玄関の呼び鈴が鳴った。

樹花が玄関の扉を開けると加賀美が立っていた。

「樹花ちゃん、天道から連絡ないか？」

「警察の人にもさんざん同じことを聞かれたよ。お兄ちゃんは昨日から帰ってないし、連絡もない」

「そうか」

「ねえ、お兄ちゃんに何があったの？」

「俺もこんなことになるとは思ってなかった……でもきっと天道には何か考えがあるんだよ」

「考え？」

「ああ。俺がそれを証明してみせる。だから天道から連絡があったら、真っ先に俺に教えてほしいんだ。警察より先に」

「……うん」

いつも優しい加賀美と違って、その切羽詰まったような表情に、樹花はただ事ではないことが起きていると感じた。


その日の夕焼けは血のように赤く染まっていた。

厳重な警備のもと、ゼクトルーパーがネックレスを配布する場所は、いつものように我先にネックレスを手に入れようとする人々でごった返していた。

そんな中、ゼクトルーパーの隊長が一人の男に気づいた。

「あれは……天道総司！」

追われている身でありながら天道総司が堂々と歩いてくる。

しかし一般市民の天道に対する態度は冷ややかだった。

「新聞に出てた手配犯だ」

「人類よりもワームの味方をする奴だ！」

「この裏切り者！」

「危ない！　近寄らないほうがいい！　カブトに変身すると、あいつは平気で人を殺すらしい」

「逃げろ！」

一人が逃げ出すと人々はわっと蜘蛛の子を散らすように逃げ出した。

「人気者は辛いな」

天道はそう一人ごちながらも歩を止めない。

ゼクトルーパーがマシンガンブレードを使い、天道に襲いかかる。

だが、天道はポケットに手を突っ込んだままかわし、同士討ちを誘う。

業を煮やしたゼクトルーパーがマシンガンを発砲する。

すると、羽音を上げて飛来したカブトゼクターがゼクトルーパーのマシンガンブレードを弾き飛ばしていく。

天高く掲げた天道の手がカブトゼクターをキャッチする。

天道は「やってもいいんだぞ」と言わんばかりの視線でゼクトルーパーの隊長を睨《にら》む。

「た、退却だ！」

隊長の号令のもと、ゼクトルーパーは全員退却した。

それを見送った天道はネックレスの入っている段ボール箱の前に来た。

だがふと気配を感じて振り返るともう一人の天道が歩いてきた。

擬態天道だった。

「おまえ、まだこの世界をうろついていたのか」

武闘派ワームの拠点を殲滅した際、天道はこの擬態天道も倒したと思っていた。

「ボクは二人もいらない」

擬態した天道は俺様口調ではなく、自分のことを「ボク」と言った。

「おばあちゃんが言っていた。太陽が素晴らしいのは目に見えないほどちっぽけな塵《ちり》さえも輝かせることだ」

「ボクがただの塵だというのかい？」

「俺が太陽なら当然そういうことになる」

「言っておくけど、塵になるのは君のほうだ」

「どうかな？」

「変身！」

擬態天道がダークカブトに変身する。

「変身！」

天道がカブトに変身する。

マスクドフォームによる激しく重厚な肉弾戦が展開する。

ガツ！

ゴッ！

ガツッ！

パンチやキックの応酬では互角のカブトとダークカブト。

「キャストオフ！」

「キャストオフ！」

カブトとダークカブトがライダーフォームにチェンジした。


指令車では隊員からの通報を聞いた岬が叫ぶ。

「カブトが現れました！」

加賀美はその報告を受けて、それまで閉じていた瞳を開いた。

加賀美の辛い気持ちを察して蓮華の表情も重い。

だが田所はいつものようにポーカーフェイスで言う。

「加賀美、いくぞ」

「……はい」

指令車はカブトが現れたネックレスの配布場所に急行する。


ガシャーン！

ビストロ・サルの厨房に皿の割れた音が響いた。

天道のことを考えていたひよりが洗っていた皿を落としたのだった。

「ひよりちゃん、大丈夫？」

弓子がひよりを気遣う。

「すいません、すぐにかたづけます」

ひよりは破片を拾いながらも、どうしようもない不安を感じていた。

「天道君のことはきっと何かの間違いよ」

「はい……僕もそう信じています」

ひよりは自分自身にもそう言い聞かせながら破片を拾い集めた。


超高層ビルの屋上にクロックアップで現れたカブトとダークカブト。

互角の肉弾戦が続く。

二人は戦いながらビルの屋上から落ちた。

だが物凄い高さから落ちながら、同時にクロックアップした。

ダークカブトは心の中で計算する。

「クロックオーバーまでの間にライダーキックすると見せかけ、クナイガンを連射、その間にプットオンしてマスクドフォームに戻り、カブトの体を地面に叩きつける。捨て身の作戦だがマスクドフォームのボクのほうが有利だ」

だが同時にカブトは心の中でさらにダークカブトの上を行く計算をしていた。

「と、ダークカブトが考えているのはわかっている。だからあえて術中にはまったと思わせて……」

ダークカブトがカブトの計算したとおりに動き、ライダーキックを放つためのボタンを押し始める。

それを見たカブトもライダーキックを放つためのボタンを押し始める。

ダークカブトはボタンを押すのを止め、クナイガンを連射。

それを防御するカブト。

その間にプットオンしたダークカブトはマスクドフォームに戻り、背後からカブトの体を押さえた……つもりがなぜかカブトは消えてしまう。

「甘いな。俺はハイパークロックアップしてすでに地面にいる」

地上にはハイパーフォームになったカブトがオールコンバインされたパーフェクトゼクターを構え、すでに立っていた。

「なに！　卑怯《ひきょう》だぞ！」

ダークカブトの空しい叫びが響く。

「マキシマムハイパータイフーン」

超強力なハイパーカブトの必殺技がダークカブトに炸裂《さくれつ》する。

「グワアアアア！」

ダークカブトは吹っ飛び、壁に叩きつけられた。

地面に落ちたダークカブトには、もはや立つ力は残されていなかった。

ダークカブトは変身を解除した。

やはり変身を解除した天道が余裕で歩いてきて、擬態天道を見下ろした。

「やはりおまえは俺ではないな」

「オレハ……オレデハ……ナイ」

「おまえが擬態したのは昔の俺、だがこの俺はその後も進化し続けている」

「シンカ？」

「おばあちゃんが言っていた。俺の進化は光より速い。全宇宙の何者も俺の進化にはついてこられない」

圧倒的な差を見せつけられた擬態天道はその言葉を噛《か》みしめながら力尽きた。

天道が姿を消したあとも擬態天道は倒れたままだった。

そこへ何者かが歩いてきた。

三島だった。

三島はいつものように冷たい表情で、ばい菌でも触るかのように靴の裏を使って擬態天道を仰向けに転がした。

仰向けにされても擬態天道は気を失ったままだった。

「いい土産ができた」

ニヤリと微笑む三島には何事か企みがありそうだった。


ダークカブトとの決着をつけた天道はネックレスの配布場に戻っていた。

天道はクナイガンの銃口をネックレスの入った段ボール箱に向け、撃った。

ドーン！

ネックレスは箱ごと大破した。

それを遠巻きに見ていた人々の間から非難の声があがった。

「なにをするんだ⁉」

「ひどいじゃないか⁉」

「やめろ！」

天道はそれらの声を無視し、さらに別のネックレスが入った段ボール箱に狙いを定める。

「天道ーっっっ！」

バイクで駆けつけた加賀美の叫び声が聞こえた。

「遅かったな……加賀美」

ドーン！

天道はネックレスの箱をクナイガンで大破させた。

「アッ！」

加賀美は自分の目の前で暴挙に出た天道に呆然とした。

「天道！　なにをするんだ！」

加賀美と天道が睨み合う。

そこへ指令車も駆けつけ、車内から田所、岬、蓮華も飛び出した。

さらに新たなゼクトルーパーも現れ、マシンガンブレードの銃口を天道に向ける。

そんなゼクトルーパーを加賀美が制し、天道に問いかける。

「なぜだ！　なぜこんなことをする！」

「気に入らないからだ」

「気に入らない？　ネイティブのことか？」

「わかっているなら聞くな」

「おまえ、それだけの理由でこんなことを⁉」

「加賀美、この俺に天の道を見るなら口出しするな」

「クッ……何が天の道だ⁉」

加賀美の右ストレートが天道の顔面を襲った。

しかし天道はそのパンチを紙一重でかわし、逆に加賀美のボディにパンチを入れた。

「ゲハッ⁉」

一瞬、息が止まり、倒れそうになった加賀美だったが、意地だけで倒れなかった。

代わりに天道を睨み上げ、ガタックゼクターをベルトにセットした。

「変身！」

加賀美が仮面ライダーガタックに変身した。

「変身！」

天道が仮面ライダーカブトに変身した。

岬と蓮華はそれを息を飲んで見守るしかなかった。

そんな中、田所の号令が響いた。

「撃てっ！」

ゼクトルーパーがカブトに一斉射撃する。

カブトはライダーフォームになるとクロックアップした。

同時にガタックもライダーフォームになってクロックアップした。

ゼクトルーパーの放ったマシンガンの銃弾がスローモーションで動く、超高速空間の中でカブトとガタックは向き合った。

「今なら俺にしか聞こえない！　言え！　おまえがネックレスを嫌うのには、何か理由があるんだろう！」

　ガタックがカブトに詰め寄る。

「言ったはずだ。気に入らないだけだとな！」

「そんな理由じゃ俺は納得できない！」

「俺にはそれで十分だ」

　クロックオーバーで通常時間空間に戻るカブトとガタック。

　同時にカブトが迫り来ていたゼクトルーパーの銃弾をクナイガンで跳ね返した。

　しかしその銃弾の一つが蓮華の肩を直撃した。

「キャッ！」

「蓮華！」

　岬が蓮華を介抱する。

　それを見た加賀美の怒りが頂点に達した。

「天道ーっっっ！」

　ガタックがついにカブトとバトルを始めてしまう。

　それを遠巻きに見ていた人々は当然ガタックを応援し、カブトに罵声を浴びせた。

「倒せ！」

「カブトを倒せ！」

「頑張れ！　ガタック！」

「カブトを倒せ！」

人々の目にはカブトは人類の敵にしか見えなかった。

カブトは人々の罵声を浴びながら、クナイガンをガタックに向けて撃った。

ドーン！　ドーン！

カブトへの罵声のボルテージがさらに上がる。

「カブトを倒せ！　カブトを倒せ！」

ガタックは横っ飛びでクナイガンをかわした。

だがガタックが体勢を立て直したときにはカブトは爆煙にまぎれ、消えてしまっているのだった。

変身を解除した加賀美は空を見上げて呟いた。

「天道、おまえはいったい何を考えているんだ……⁉」

決戦！②

矢車想《やぐるまそう》と影山瞬《かげやましゅん》、二人はＺＥＣＴの精鋭部隊『シャドウ』の歴代の隊長であり、仮面ライダーザビーの有資格者であった。

「パーフェクト・ハーモニー」の信念のもと、組織の完全調和を目指す完璧主義者としてザビーゼクターに選ばれた男、矢車……。

しかし調和を乱すスタンドプレーでシャドウをことごとく出し抜く天道に苛立ちを覚え、カブトの抹殺に執拗《しつよう》にこだわるようになり、ついにはそのために部下を見殺しにしてしまったことでザビーゼクターに見限られ、ザビーの資格を失った。

その後、矢車はザビーの有資格者への復帰を目指したが、部下であった影山に「組織を乱す不協和音」として切り捨てられ、シャドウもＺＥＣＴも部下からの信頼も失った。

すべてを失い、しばらく行方不明になっていた矢車であったが、やがてＺＥＣＴ側でもワーム側でもない、第三勢力のライダー、キックホッパーとして姿を現した。

それはカブトとガタックに組み込まれた暴走スイッチと同じく、陸の用意した対ネイティブ兵器としてのライダーであったが、矢車はそんな目的など、どこ吹く風で、超マイナス思考のさらにどん底を謳歌《おうか》していた。

「パーフェクトもハーモニーもないんだよ……おまえらはいいよな～……どうせ俺なんか……今……俺を笑ったか？」

それが闇の住人、矢車の決まり文句だった。

一方の影山はかつて矢車を崇拝する忠実なシャドウの部下でありながら、ザビーの有資格者への復帰を目指す矢車を「組織を乱す不協和音」として冷たく切り捨てたことでザビーゼクターに選ばれた。

しかし影山も任務で失敗を重ね、天道にはザビーゼクターを奪われ、さらにその調子のいい性格も相まって部下からも嫌われ、ついにはシャドウからも追放された。

完全に孤立した影山はザビーに復帰したい一心でワームとまで手を組むに至ったが、結局はワームにさえも無残に見捨てられた。

そんなどん底まで堕ちた影山を助けたのは、やはりすべてを失った矢車であった。

「影山、いい顔になったな。俺といっしょに地獄に堕ちるか？」

「これ以上の地獄がどこにあるというのさ？」

「俺の弟になれ」

矢車はそう言ってホッパーゼクターを影山にポイと投げつけた。

「……あんただけだ、俺に振り向いてくれたのは」

影山は矢車に感謝した。

「二人で歩いてゆこう。ゴールのない暗闇の中を」

こうして影山は矢車を「兄貴」と呼ぶようになり、キックホッパーと同じく第三勢力のライダー、パンチホッパーとなったのだった。

ZECTにとってもひたすら迷惑な存在となった矢車のキックホッパーと影山のパンチホッパー……二人はいつしか『地獄の兄弟』と呼ばれるようになった。

それでもパンチホッパーとして再びライダーの力を手に入れた影山にはワームを倒したいという気持ちが芽生えもしたが、矢車はそんな影山にこう吐き捨てた。

「いいよなおまえは、正義の味方の燃えカスがまだあって……そんなもん、ウジ虫にでも食わせてしまえよ……ああ、生きているってむなしいよな……どうせ俺なんか……」

あくまでも光を求めない矢車の態度に影山も光を求めることをやめた。

そんな影山だったが、ZECTがワーム探知機のネックレスを配布し始めると再び正義の燃えカスがくすぶりだした。

影山は一人につき一つまでというネックレスを三つも奪い、自慢げに首からかけていた。

しかしその後、影山は具合が悪くなり、寝込んでしまっていた。


都会の路地裏は今宵もうらぶれていた。

「ひどい熱だな……」

矢車が影山のおでこに手を当てた。

「どうってことないよ、それよりこれ、兄貴の分ももらってきたんだ。受け取ってくれよ」

影山はさらに三つのネックレスを矢車に差し出した。

矢車は地獄の底から吐き出すようなうんざりした、ため息をついた。

「いらないよ」

「そんな、兄貴のために奪ってきたのに」

矢車はなんの返事もしないまま立ち上がり、歩き出した。

その矢車の足に影山がすがりついた。

「兄貴……俺を見捨てないでくれよ」

「バカをいうな……見ろ」

矢車は一枚の古ぼけた絵はがきを見せた。

今朝、路地裏の吹きだまりで矢車が拾った絵はがきだった。

「これは」

「白夜だ」

「白夜……？」

「そこへ行けば俺たちに摑《つか》める光もある」

「兄貴と俺にも……摑める光が……」

「いっしょにいこう。真夜中の太陽を求めて」

「真夜中の太陽……最高だよ、兄貴」

影山は嬉《うれ》しそうに微笑んだ。

「さあもう一度寝ろ。熱が下がったら出発だ」

「嬉しいよ、兄貴……嬉しいよ……」

影山は瞼《まぶた》を閉じ、再び眠りについた。

しかしそれが人間としての最後の眠りだとは当の影山も気づいていなかった。


翌朝。

「相棒、熱は引いたのか？」と問う矢車に影山は答えた。

「ああ、すっかりよくなったぜ兄貴、前より元気なぐらいさ。俺の熱が下がったからには今日が出発の日だ！　白夜の世界へ向けての！」

「それを見せるな、今の俺にはまぶしすぎる」

「え？　ああ、ごめん」

影山はいまだに首から提げている三つのネックレスを服の中に入れた。

しかしその手が一瞬だけワームの手になったように見えた。

「えっ⁉」

凍り付くほどの衝撃が影山の胸を貫く。

影山がおそるおそる再び手を見る。

手は元に戻っていた。

安堵のため息をつく影山。

「どうかしたのか？　相棒……顔が青いぞ」

矢車には見られていなかったようだ。

それが影山には唯一の救いだった。

「な、なんでもないよ」

と、ごまかしながら影山は押し寄せる大きな不安に潰されそうだった。

「まさか……そんなわけないよな……」

考えたくもない最悪の結論が影山の頭から離れなかった。

「この俺がワームになるなんて……そんなわけ……」

影山は矢車からもらった白夜の絵はがきを握りしめた。

それは神を信じない影山にとって唯一のお守りだった。

そんな影山を天道が見ていた。

しかし天道は何も言わぬまま立ち去るのだった。

世界中の人類の間にワーム探知機のネックレスが行き渡ろうとしていた。

そして普通の生活に紛れ込んでいたワームが次々とあぶり出されていた。

しかし弊害もあった。

ワーム排除の意識が高まるとネイティブへの偏見も高まった。

人類から見れば武闘派ワームも穏健なネイティブワームも同じ異形の地球外生物でしかなかった。

田所は自分がじつはネイティブであることをずっと隠していた。

人類とネイティブの共存の道を信じている田所は、その信念のもと、これまで命を張って戦ってきた。

そんな田所の一途《いちず》な姿を見てきたからこそ、加賀美も岬も蓮華も、以前と同じように田所と接することができた。

しかし一般の人間はそうはいかなかった。

ある日、田所はワームの脅威から赤ん坊を守ろうとして一瞬だけネイティブの姿になった。ワームはガタックが倒して爆裂霧散したものの、母親は田所から赤ん坊を奪うように取り返して、こう叫んだ。

「私の赤ちゃんに触らないで！　あなたもワームなんでしょ！　汚らわしい！」

すると集まっていた見物人の中からこんな声があがった。

「ワームは消えろ！」

「ワームは地球から出て行け！」

ついには男たちが田所に石を投げつける。

「やめろ！　この人はワームじゃない！」

田所を守るように立った加賀美にさらに男たちが言った。

「じゃあ何だっていうんだ⁉」

「どけ！　ワームをかばうのか⁉」

ゴツッ！

男たちの投げた石が加賀美の額に当たった。

額からは血が流れ落ちたが、加賀美は一歩もたじろがず、男たちを睨《にら》みつけた。

「加賀美……」と呟《つぶや》きながら田所は加賀美を見つめた。

男たちは加賀美の迫力に押され、何も言わずに歩き去った。

そこへ部下を従えた根岸がやってきた。

「いやあ、加賀美君！　君こそ真の英雄ですよ」

「……英雄？」

と、問い返す加賀美には、目の前の男が誰かもわからない。

「紹介する。ネイティブの根岸さんだ」

加賀美は慌てて姿勢を正し、お辞儀する。

加賀美が顔を上げると根岸はガタックが倒したワームの爆裂痕の前にしゃがみこんでいた。

「どうしたんですか？」

「いやあ、かわいそうだと思ってね〜」

武闘派ワームに同情する根岸の言葉は加賀美には意外だった。

「命ある限り生きていたい……その思いはすべての生き物において同じじゃないかな。そこには人類もワームもない。ただ……武闘派ワームの皆さんはちょっとやり方を間違えただけなんですよ」

そんな根岸の言葉が加賀美の心を癒した。

「彼らもやり方を間違えさえしなければ、争いのない平和な暮らしができただろうに……」

根岸は涙まで流した。

「根岸さん……」

加賀美はそんな根岸の姿に感動した。

「いやあ、僕はね、青臭いと思われるかもしれないけど、真の平和な世界を作りたいと思っているんです」

「真の平和な世界……？」

「人間とネイティブの争いのない世界……そして人間と人間の争いもない世界……僕はそんな新しい世界が作りたいんです」

加賀美は根岸の言葉を心の中でもう一度ゆっくりと噛《か》みしめた。

「人間とネイティブの争いのない世界……そして人間と人間の争いもない世界……」

たとえ青臭いと言われようと加賀美は「素晴らしい」と思った。

根岸はそんな加賀美の表情を見逃さなかった。

「加賀美君、その実現のために僕に力を貸してくれないかな？」

「俺が？　いえ、自分がですか？」

「ええ、英雄である君に」

「はい！　俺なんかでよければ喜んで！」

「ありがとう！」

根岸は加賀美と固い握手をした。

田所はそれを嬉しい気持ちで眺めていたが、胸ポケットに入れていた携帯が鳴った。

ネックレスの配布場にいた岬からだった。

「カブトが現れました！」

田所は「加賀美！」と叫ぶ。

加賀美は名前を言われただけで何があったのかを察した。

配布場ではカブトがクナイガンでネックレスの入った段ボール箱を爆破していた。

それを阻止しようとするゼクトルーパーはネイティブに姿を変えた。

しかしカブトに勝てるわけもなく、カブトの攻撃でネイティブたちは呆気《あっけ》なく爆裂霧散していく。

「天道君！　もうやめて！」

岬がネイティブをかばって言う。

「岬、下がっていろ」

カブトがクナイガンでさらにネイティブを始末した。

そしてネイティブをすべて始末するとカブトはネックレスの入った箱を大破させた。

そこへ加賀美がバイクで駆けつけた。

カブトがそれに気づくと……。

「クロックアップ」

カブトはクロックアップで消えた。

加賀美がバイクから降り、あたりの惨状を見回した。

アスファルトの地面にはネイティブの爆裂痕がいくつも並んでいた。

「これをすべてカブトが……」

岬が頷《うなず》いた。

「……許さないぞ！　カブト！」

加賀美の怒りは頂点に達した。


ＺＥＣＴ本部の地下駐車場に黒塗りの車が停まった。

部下がドアを開けると根岸が出てきた。

ザラザラザラ……。

三島が飲んでいるサプリの錠剤が音をたてた。

「おや、何か用ですか？　三島さん」

三島が「もう用はない」という顔でサプリの瓶を捨てた。

「さすがは根岸さんですね……すでに暴走スイッチの件まで知っていたとは」

「いやあ、なんのことかな？」

「もう狸《たぬき》の化かし合いはよしましょうよ。今、こいつは俺の手の中にある」

三島が自分が乗ってきた車の後部トランクを開けると気を失ったままのダークカブトが横たわっていた。

「根岸さん、あなたの計画は美しい。だがそれを完璧にするには足りないものがある……私とならいい取引ができる」

「いやあ、弱りましたね～」

と、いつもの人のいい笑顔で返事をしながら根岸は頭の中で計算をしていた。

この能面のような顔をした奴を利用したほうがいいのか？　排除したほうがいいのか？

しかし利用したところで結局は排除するのだから、結論は同じ……それなら。

根岸の結論が出た。

「いやあ、とりあえず聞かせていただきましょうか……貴方の言う完璧に美しい作戦とやらを」


そのしばし後……。

警視総監とは別室のＺＥＣＴ総司令官室に陸がやってきた。

するといつもは陸が座っている高級な革張りのソファーになぜか三島が座っていた。

さすがの陸も驚いたが平静を保って三島からの言葉を待った。

三島は相変わらずの能面でこう告げた。

「ＺＥＣＴはワーム殲滅《せんめつ》後も平和維持のために存続させることが決定した」

「ほう……で？」

「ＺＥＣＴのトップには私が立つことが決定した」

三島が言い終わるとゼクトルーパーが突入してきて、陸を拘束した。

「三島君、いくつか質問させてくれないか？」

「断る。加賀美陸、君はクビだ」

陸はゼクトルーパーの手を振り解いた。

ゼクトルーパーは咄嗟《とっさ》にマシンガンの銃口を陸に向けたが、陸はその場に土下座をして床に頭をつけ、懇願した。

「あなたの下で……働かせてください」

ギリリリリ。

三島が陸の手を思いきり踏みつけた。

陸は痛みに耐えながら笑顔を浮かべる。

「貴様、なぜそこまで自分を貶《おとし》めることができる？」

そこへ根岸がやってきた。

「いやあ、お気持ちはわかりますよ。秘密の計画だけを頼りにずっと我々ネイティブの下でがまんしてきたんですもんね～」

根岸がいやらしく陸の耳元でささやく。

「でもね、ばれちゃってるんですよ、暴走スイッチの件」

驚きつつも落ち着いた様子を装う陸に根岸がいつもの笑顔で言った。

「日下部総一の擬態は、たぐいまれなる意志の強さを持つ日下部総一をコピーしたことで、オリジナルからの何かしらの影響を受け、暴走スイッチの件を私たちにばらさなかった。そしてシブヤ隕石を受けて死亡した……貴方はそう思っていたようですね。でももちろんそんなことはありません。私たちは赤い靴作戦を知っていました。しかしそれを未然に防げば貴方は別の作戦を用意してしまう。それはそれで面倒だ。だから私たちはずっと知らないふりをしていたのです。そのうえで別の作戦を敢行するほうが利口だと考えたのですよ、陸さん」

陸は突然、笑い始めた。

そんな陸に三島と根岸は顔を見合わせた。

「黙れ」

三島の制止を無視するように陸の笑いはさらに大きくなった。

「フハハハハハハハハハ！」

陸の笑いは三島と根岸を圧倒した。

「貴様……黙れと言っている！」

三島には攻撃することでしかその笑いを止められなかった。

しかし陸は血まみれになりながらなお、笑い続けるのだった。

天道家の台所には料理をするひよりの姿があった。

その横では樹花がひよりを手伝っていた。

「ひよりさん、わざわざ来てくれてありがとう」

「いいんだ、これぐらい」

樹花とひより……この二人は共に天道の妹だった。

だがそのことで話をしたことはない。

それでも二人は何か不思議な絆みたいなもので結ばれているような気がしていた。

だからお互いがお互いの存在に温かいものを感じていた。

「いいにお～い！　ねえ、ひよりさん、どんな料理ができるの？」

「ビストロ・サルで僕が出そうと思ってるメニューなんだ……まだ完成してないんだけど」

二人は並んで仲良く料理を作った。

やがて食卓にはひよりのシェフデビューの料理が並んだ。

「わ～！　どれもおいしそ～！」

「どうぞ」

「いただきま～す！」

樹花が勢いよく食べ始める。

「おいし～！　これ、お兄ちゃんの作る料理とおんなじだ」

「え？」

「優しい味……」

「そうか……ありがとう」

樹花の言葉がひよりには嬉しかった。

「おばあちゃんが言っていました。料理は人から人へ受け継がれ、その味は人と人をも結ぶって」

おばあちゃんの言うとおりだった。

たしかにひよりは料理でたくさんの人と繋《つな》がった。

目の前にいる樹花とも加賀美とも弓子とも、そして天道とも。

そしてひよりと樹花はまだ帰ってこない兄の無事をいっしょに祈った。


その天道の姿はＺＥＣＴの病院にあった。

天道が潜り込んだ病室には蓮華が入院しているはずだった。カブトがクナイガンで弾き返した銃弾を肩に浴び、蓮華はけがを負ったのだ。

しかし天道が何かを持って病室の扉を開けると蓮華は眠っていた。

天道は蓮華のベッドの脇にその何かを置くと立ち去った。

しばらくして、蓮華が食欲をそそるいい匂いに目覚めるとベッドの脇に作りたてのオムライスが置いてあった。

「うわ〜！　おいしそう！　でもこのオムライス、誰が？」

蓮華はオムライスの横にあった封筒に気づいた。

見れば差出人の欄には「天」の一文字。

「天……天道……ってことは師匠!?」

蓮華は天道のことを師匠と呼んでいた。


蓮華が病室から出て、慌ててあたりを探すが天道の姿はなかった。

蓮華は天道からの手紙を開いた。

そこには驚愕《きょうがく》の事実が記されていた。


シブヤ隕石が落ちた場所、その地下にはエリアXと呼ばれる施設があった。

そこでは隕石が落下する以前からネイティブの協力のもと、マスクドライダーシステムが開発されていた。

施設はシブヤ隕石でかなりのダメージを受けたが、その後もネイティブと人類によるマスクドライダーシステムの開発は続けられていた。

そんな極秘施設の実験台に気絶したままの擬態天道の姿があった。

「まだ生きてるんですよね？」

根岸が問いかけた。

室内には根岸と三島、そして気絶した擬態天道しかいない。

「もちろんだ」

「いやあ、彼のしぶとさはかなりのものですからね。なにしろこのエリアXの劣悪な環境の中でずっと耐えてきたんですから」

三島がいつもの能面の顔で擬態天道にスタンガンを押し当てる。

バチバチッ！

全身に走った痛みで目覚めた擬態天道の目にぼんやりと根岸と三島の顔が映った。

「お帰りなさい……」

不気味な根岸の笑顔に咄嗟《とっさ》に逃げようとする擬態天道だが、すぐに自分の両腕と両足が太い鎖で実験台に固定されていることに気づいた。

「おまえら消してやる！　みんな消してやる！　うわああああ！」

擬態天道はそう叫びながらあらん限りの力で暴れた。

だが、その鎖を引きちぎることはできなかった。

「いやあ、怖いな～。これだから人間は困ります」

「なにっ⁉」

擬態天道には意外な言葉だった。

「このボクが……人間だと⁉」

擬態天道の質問に根岸が再び不気味な笑顔で答える。

「おぼえてないいんですか？　この実験台の上で君が長期間にわたって経験したことを」

「…………」

擬態天道は自分の記憶をたどった。

やがてその脳裏に記憶の断片がフラッシュバックした。


今の擬態天道とまったく同じ状況で、実験台に鎖で固定されている七歳ほどの人間の男の子。その男の子に科学者たちが無理矢理鉄仮面をつけようとしている。

「いやだ！　やめて！」

鉄仮面を嫌がり、顔を振って暴れる男の子。

その頭部を押さえつける科学者の姿が一瞬だけネイティブになる。

「やめて……やめてえええええ！」

抵抗空しく、男の子は鉄仮面をつけられてしまう。

さらに男の子はワーム探知機ネックレスのプロトタイプのような物を首にはめられ、全身にはさまざまな電気器具をはめられ、血管にはさまざまなチューブが挿入された。

科学者が実験のためのスイッチを入れる。

「うわああああああ！」

男の子が訴えるような悲鳴をあげる。


擬態天道はそんな記憶の海を彷徨《さまよ》っていた。

だが根岸の次の言葉で我に返った。

「君はね、記念すべき第一号なんですよ」

「ボクが第一号？」

「ええ」

「何の一号なんだ？」

「君の変身が最初なんです」

「ボクの変身？」

「我々ネイティブの手によって人間からネイティブに変身した検体の第一号なんです」

「⁉」

擬態天道の記憶の中にあった鉄仮面の男の子と自分自身が重なった。

鉄仮面の男の子は擬態天道だったのだ。

そして記憶の続きが展開していく……。

実験台に固定された鉄仮面の男の子が苦しみ、苦しみ、苦しみ抜いたあげく……ネイティブワームへと変貌した。

それを見た科学者たちが大喜びし、手を取り合い、拍手する。

それはあまりの辛さで擬態天道の心の奥底に封印されていた、思い出したくもない思い出だった。

「いやあ、君はね、その後もマスクドライダーシステムを開発するためにさまざまな実験に耐えてくれましたよ」

擬態天道は再び記憶の続きを思い出す。

鎖で実験台に拘束された鉄仮面の男の子が腰に鋼鉄製のベルトを巻かれ、マスクドライダーシステムのさまざまな実験の痛みに耐えていた……。

封印されていた記憶がすべて蘇《よみがえ》った擬態天道は自分のあまりにも悲惨な過去に、怒りと悲しみと絶望と憎悪がないまぜになり、自己が崩壊しそうになっていた。

「そして記念すべき第一号のネイティブを、この俺に擬態させたというわけか」

実験室に天道の声が響いた。

「!?」

根岸と三島が声のしたほうを見る。

機材の隙間に天道の姿が見えた。

「貴様！　どうやってここに⁉」

天道の姿はすぐに物陰に消えた。

と、思った瞬間、実験台に擬態天道を固定していた手足の鎖が切れ、擬態天道の姿さえも消えてしまう。

すべては一瞬の出来事だった。

「な、何が起こったのです⁉」

愕然《がくぜん》とする根岸に三島が能面の顔で答える。

「カブトに変身してクロックアップを使ったんだ」

「いやあ、まいりましたね。しかしなぜ天道が擬態天道を連れ去ったのですか？」

「さあな……だが確かなのは」

「なんですか？」

「始末すべきカブトが二匹になったということだ」

「いやあ、カブトとダークカブトか……奴らが手を組んだりしたら面倒なことになりますね～」

「どうってことはない。我々は全世界を味方に付けている。奴らがどうあがこうが、正義は我々にある」

能面の顔ながら目だけは野望にぎらついている三島。

根岸はいつもの笑顔でそんな三島に相槌《あいづち》を打ちながら、心の中では「利用するだけ利用したらすぐにこいつも始末しよう」と思うのだった。


エリアXから遠く離れたシブヤ郊外。

そこに古くなったビルを解体している立ち入り禁止の区域があった。

そのコンクリートの崖のような場所に天道と擬態天道の姿があった。

「なぜボクを助けたんだ……？」

擬態天道が天道に尋ねる。

「自分の手でボクにとどめをさすためか？」

「なんとでも思えばいい。とにかくおまえはこれで自由になった」

「自由？　いまさら、自由になったところでこのボクに何ができるというんだ？」

「生きろ」

「え？」

「おまえが人に危害を加えないのであれば、この世界で生きていけばいい」

「ボクがこの世界で……？」

「生きるんだ」

「でも……ボクは人類の敵だ」

「人類は、そしてこの世界はおまえの敵じゃない。困難は多いだろう。だがひよりも困難に立ち向かい、今も頑張っている」

「ひよりが？」

擬態天道はひよりと初めて会ったときのことを思い出した。

自分がワームだと知り、悲しみにうちひしがれたひよりが、この世界にはいられないとすべてを投げ出して逃げ、行き着いたエリアXで鎖に繋がれた擬態天道と出会ったとき……ひよりは擬態天道を見て涙を流した。一瞬で擬態天道が自分と似たような境遇にあると察したのだ。

擬態天道はあのときのひよりの涙を忘れたことはない。

自分のために泣いてくれる人がいる。

それ以上の喜びなど、これまで生きてきた中で感じたことはなかった。

だが同時に擬態天道には怒りがこみ上げてきた。

自分の悲劇もひよりの悲劇もすべてあの根岸たちがもたらしたものだ。

「許せないよ、あいつら……」

擬態天道が絞り出すように言った。そしてダッと駆けだした。

「どこへ行く!?　待て！」

天道は擬態天道がやけを起こしているように感じ、止めようとした。

だが背後から……。

「天道ーっっ！」

聞き覚えのある声で呼び止められた。

天道が振り返ると大勢のゼクトルーパーを引き連れた加賀美が怒りの表情で立っていた。

「加賀美……」

「天道、これ以上おまえにネックレスを破壊させるわけにはいかない」

「聞け。あのネックレスは人間をネイティブにしてしまう物だ」

「人間をネイティブに？」

「ああ、俺はそれを確認した」

「ウソだ！」

「ウソではない。すでに影山がネイティブになりかけている」

「もうおまえの言うことなど信じない！」

ザザッ！

加賀美の言葉を合図にしたかのようにゼクトルーパーがいっせいにマシンガンブレードの銃口を天道に向ける。

「おまえは俺の仲間を……真の平和を求める仲間を殺した……俺はおまえを許さない！」

「本気か？」

「正義は俺たちにある！　俺は……おまえを倒す！」

加賀美の掲げた右手にガタックゼクターが飛んでくる。

加賀美がガタックゼクターを握りしめた。腰にはベルトが巻かれている。

「変身！」

加賀美はガタックに変身した。

全身から闘気を発するガタックを前にしても天道は冷静だった。

「ばかばかしい。おばあちゃんが言っていた」

天道の掲げた右手にカブトゼクターが飛んでくる。

「正義とは俺自身。俺が正義だ」

天道がカブトゼクターを握りしめた。腰にはベルトが巻かれている。

「変身！」

天道がカブトに変身した。

そして両者が激突した。


そのころ、ＺＥＣＴ本部に向かう一台の車の前に何者かが飛び出した。

擬態天道だった。

急ブレーキをかけて停まった車からは根岸と三島が降り立った。

「いやあ、よかった」

「君のほうから来てくれるとは滑稽《こっけい》だな」

怒りに震える擬態天道を根岸と三島は笑顔で迎えた。

「おまえたちは……ボクが殺す」

擬態天道がダークカブトゼクターを握りしめる。

「いやあ、困ります。君にはこれからも道具として働いてもらわないと……」

「そう、全人類をネイティブに変える素晴らしい道具としてね」

「黙れ！　変身！」

擬態天道がダークカブトに変身した。

最強のネイティブであるダークカブトを前にしても三島の顔には余裕があった。

「ククク、おまえが最強のネイティブではなくなったことを教えてやる」

三島がコオロギの特性を持つグリラスワームに変身した。

「うわあああああ！」

ダークカブトが強力な打撃をグリラスワームに打ち込んでいく。

グリラスワームはよけようともせず、その攻撃をあえて受ける。

「ククク、どうした？　その程度か？」

グリラスワームの挑発にダークカブトが乗り、さらにパンチ、キックを繰り出す。

「うおおおおお！」

グリラスワームは、やはりよけようともせず、その攻撃をあえて受け続ける。

「なぜだ⁉　なぜボクの攻撃が効かない⁉」

「貴様の攻撃がぬるいからだ」

「なんだと⁉」

「早く本気を出せ……ククク」

グリラスワームの顔に何者をも見下すような三島の表情が浮かぶ。

それがよけいにダークカブトの怒りに火を付ける。

「うわあああああ！」

ダークカブトが殴りかかる。

ガツッ！

カウンターでグリラスワームの左腕の巨大な鉤爪《かぎづめ》がダークカブトの顔面を打ち砕く。

ゴツッ！

「ううっ……⁉」

さらに右腕の湾曲した爪がダークカブトのボディにめり込む。

「げはっ……⁉」

その衝撃とダメージで動きが止まるダークカブト。

「ククク……」

グリラスワームは両肩から触手を伸ばし、ダークカブトの両肩を突き刺す。

「うぐっ⁉」

後方に停まっていた大型トラックのフロントにダークカブトを固定した。

「うっ……ううう⁉」

ダークカブトは逃れようとするが触手で串刺しになり、逃れられない。

「覚えておけ。最強のネイティブはこの私だ」

グリラスワームの左腕の巨大な鉤爪がダークカブトのボディを貫き、背中の大型トラックのフロントに突き刺さった。

ガシャッ！

「うわあああああああ！」

ダークカブトの叫びと共に大型トラックが爆発した。

その寸前、後方に飛び去ったグリラスワーム、変身を解除し、三島の姿に戻る。

炎の中からヨロヨロと出てきたダークカブトは力尽きて倒れた。

それを冷たく眺める三島の横に根岸も歩いてきた。

「いやあ、お見事。残るはカブトだけですね」

「今の私に勝てない相手などいない……クククク」
皮肉なことにいつも能面のような表情だった三島がネイティブになって初めて生き生きとした表情を見せるようになっていた。

シブヤ郊外のビル解体現場ではカブトとガタックの熾烈《しれつ》な戦いが続いていた。
ガツッ！
カブトが殴る。
倒れないガタック。
ゴツッ！
ガタックが殴り返す。
だがカブトも倒れない。
ガツッ！　ゴツッ！　ガツッ！
互いに両足を踏ん張り、意地と意地の張り合いのような殴り合いが続く。
カブトがクナイガンを抜いて攻撃する。
ガタックがダブルカリバーで対抗する。
ガキン！　ガキン！　ガキン！
互角の勝負を展開するカブトとガタック。

だがクナイガンの攻撃でスキができたガタックの胸元にカブトが足刀を打ち込み、吹っ飛んだガタックが壁に叩《たた》きつけられ、地に伏せた。

砂にまみれたガタックをカブトが見下ろして言う。

「おまえは天のもと、地の道を往くがいい！」

「なにをっ！」

ガタックが立ち上がり、カブトに叫ぶ。

「いつも偉そうなことを言いやがって……何が地の道だ！　俺の往く道をおまえにとやかく言われる筋合いはない！」

「ではおまえはどの道を往く？」

「俺は……俺の道を往く！」

ガタックが突っ込んでいき、再びカブトと肉弾戦になる。

互いのパンチ、キックでダメージが蓄積し、両者が離れるとゼクトルーパーがカブトに銃撃する。

ズガガガガガ！

対カブト用に改良され、パワーアップしたマシンガンブレードの銃弾がカブトにダメージを与えていく。

そんなカブトを救うようにハイパーゼクターが飛来する。

「ハイパーカブトになってみろ！　それでも俺は負けない！」

ガタックが叫んだ。

その言葉にカブトはハイパーゼクターを使うのを止めた。

「勝負だ！　加賀美！」

カブトがライダーキックのためのボタンを押した。

「受けて立つぞ！　天道！」

ガタックもライダーキックのためのボタンを押した。

「うおおおおおおお！」

「うおおおおおおお！」

互いに叫びながら走りこみ、両者がライダーキックを出そうとした瞬間、ゼクトルーパーの撃った銃弾がカブトの足に当たる。

その影響でわずかなスキができたカブト。

そこへガタックのライダーキックが炸裂する。

キックをまともに浴びて、吹っ飛ぶカブトの胸にさらに追い打ちをかけるようにゼクトルーパーのバズーカが炸裂した。

ドーン！

大きな爆発と共にビルの解体で地面にできていた谷底へ向かって落ちていくカブト。

ガラガラガラーッ！

そのカブトの上へコンクリートの塊が雪崩のように降り注いだ。

「天道⁉」

ガタックが上からカブトの状態を確認しようとするがコンクリートの瓦礫《がれき》が邪魔をして確認できない。とはいえ、この状況から考えてカブトが瓦礫の下敷きになっていることは間違いなかった。

ガタックの変身を解いた加賀美はその瓦礫の山を見下ろした。

しかし自分が天道を倒したという実感は加賀美にはなかった。

むしろ加賀美は胸が締め付けられるような寂しさを感じた。

空しい風が吹いた。

「天道……」

加賀美は瓦礫の山に向かって語りかけてみた。

返事はなかった。

代わりに加賀美の携帯が鳴った。

岬からだった。

「加賀美君、たいへんよ！」

「どうしたんですか？」

「近くにテレビある？」

「ないですけど、指令車に戻れば」

「じゃあ急いで戻って」

言われるまま指令車に戻った加賀美は内部に備え付けられているテレビの電源を入れた。

するとき画面に大きく三島が映し出された。

三島はＺＥＣＴの副司令官として緊急の会見を開き、全国民にメッセージを送ろうとしていた。

「残念なことに、総司令官としてＺＥＣＴを率いていた加賀美陸がワームの内通者であることが判明しました」

「なにっ⁉　そんな馬鹿な⁉」

「組織では加賀美陸に厳正な処分を下すことを決定しましたが、このようなワームの内通者は他にもまだいるはずです」

「親父！」

加賀美は三島の会見を最後まで聞かぬうちに指令車から飛び出していた。

一台のＺＥＣＴ護送車が新たな検体を乗せ、エリアＸに向かっていた。

その検体とは三島が変身したグリラスワームによってズタズタにされた瀕死《ひんし》状態の加賀美陸であった。

三島が会見で言っていた厳正な処分とは陸をネイティブ化することであった。

護送車の荷台にゴミのように転がされた、血だらけの陸には抵抗したくともその力が残っていなかった。

陸の唯一の頼みはネイティブにされたら、その力を使って根岸と三島を殺すことであったが、脳になんらかの細工をされたらそれも叶《かな》わないかもしれないと危惧《きぐ》した。だが最悪そうなったとしても最後の最後まで諦《あきら》めるつもりはなかった。

たとえ全身をバラバラにされても、たとえ一本の指だけになっても、その指で根岸の首をかき切ってやる……そんな陸の思いとは裏腹に意識は遠のいていった。三島にやられた傷からの出血が激しかった。

「気を失えば死んでしまう……」

そう自分を奮い立たせ、陸は意識を保った。気を失えば楽になるのはわかっていたが、ここで死ぬわけにはいかなかった。

だがそれでも自分の体から流れ出る血液の量に比例して、陸の意識は薄らいでいくのだった。

さすがの陸もここまでかと思ったときだった。

護送車が急停止した。

「けがをしたくなかったら車から出ろ！」

陸には聞き覚えのある声だった。

護送車を停めたのはガタックだったのだ。

運転を任されていたゼクトルーパーもガタックには逆らえなかった。

ゼクトルーパーが逃げ去るとガタックが護送車の後部扉を開けた。

中では瀕死の陸が倒れていた。

「親父！　しっかりしろ！」

変身を解除して駆け寄る加賀美に陸が問いかける。

「カ……カブトは？」

「もういない。俺が倒した」

「なにっ……！」

陸の意外な顔が加賀美にはさらに意外だった。

「カブトは俺たちの敵だ。そうだろ！」

陸は黙っていた。

「なんでだよ！　なんで、そうだって言ってくれないんだ!?　親父！」

そのとき、逃げたと思っていたゼクトルーパーが銃撃してきた。

加賀美は護送車を運転してその場から逃げ去った。

陸を人目につかない場所に移動させた加賀美は、簡易的な治療ではあったが陸の出血をどうにか止めた。

陸はこれまでのネイティブとのいきさつのすべて、そして暴走スイッチに託した思い、さらにネックレスに関する根岸たちの計画について加賀美に話し始めた。

それは加賀美にとっても驚愕の事実だった。

「あのネックレスを使って全人類をネイティブにする計画だって⁉　そんな馬鹿な……だいいちあのネックレスはワームの探知機だったはずじゃ⁉」

「それはあのネックレスを世界中にばらまくための方便だ」

「世界中に……⁉」

「そして一気に全人類をネイティブにする」

「根岸さんの言ってた平和ってそういうことだったのか……⁉」

「三十五年もの間、彼らの言いなりになりながら耐えてきたのは暴走スイッチという切札を隠すためだった……しかし全人類がネイティブになってしまえば……」

「ガタックとカブトの暴走スイッチが作動しても、俺たちは永遠に人類と戦うはめになる……でも俺たちが人類を倒すなんて……できるわけがない……」

「私と日下部君は希望を息子に託すことで、人類の未来をも託すしかなかった……しかしその未来はネイティブによって打ち砕かれてしまった……すまなかった……」

「……謝らないでくれ……俺はむしろ感謝してるんだ」

「？」

「そんな大切なものを俺たちに託してくれて……だけど……俺は天道をこの手で……」

「新……もはや我々に勝ち目はない。ネイティブに降伏し、おまえだけでも生き延びるんだ」

「そんな……そんなことできるわけがない！」

加賀美はふと天道のことを思った。

「天道、俺はどうすれば……」


その天道は気を失ったままビルの解体現場で瓦礫の下に埋もれていた。

天道は夢の中で誰かに呼ばれたような気がした。

その声に応えるように手を伸ばし、天道は意識を取り戻した。

真っ暗闇だった。

しかも激痛が全身を走った。

天道は自分が瓦礫の下に埋もれていることを改めて知った。

瓦礫の間から這《は》い出ようとする天道であったが、腰と足の上に乗った大きな瓦礫はびくともしなかった。おまけに動こうとするとさらに全身に激痛が走る。

体のあちこちの切り傷から血が流れ、骨も何本か折れているかもしれなかった。

このままでは死んでしまう。

それはシブヤ隕石の、あの日の天道とまったく同じ状況だった。

だがどうすることもできなかった。

夜空では月にかかっていた雲が流れ、月光があたりを照らした。

天道のいる場所にも月光が降り注いだ。

ふと見れば一輪の花の蕾《つぼみ》が輝いていた。

「大丈夫だ……僕がそばにいる」

ひよりの声が聞こえた気がした。

その言葉は七年前、シブヤの瓦礫の下で天道がひよりに言った言葉だった。

天道はあのときに握ったひよりの幼く、柔らかい手の感触を思い出した。

「そうだ……あのときも……生きる勇気をもらったのは……俺のほうだったんだぞ……ひより」

ひよりのことを考えればここで諦めるわけにはいかなかった。

天道はかつてひよりの手から勇気をもらったように月光に輝く一輪の花の蕾に触れようと手を伸ばした。

だがなかなかその手は届かない。

そしてやっとの思いで天道の手が届きかけたそのとき……。

無情にも天道の上へ、再び瓦礫の山が落ちてくるのだった。


その夜、ある埠頭《ふとう》に北欧行きの巨大なタンカーが停泊していた。

タンカーが接岸している場所のそばに暗闇があった。

そこで一人、矢車が待っていた。

一人の男がその矢車の背中を見つめていた。

矢車はその視線を感じていた。

「遅かったな、相棒」

「兄貴……」

矢車が振り返る。

影山が泣きそうな顔で矢車を見つめていた。

「俺は兄貴も知らない闇を知ってしまった……」

「そうか、それはうらやましいな」

「うらやましい?」

矢車がいつものように視線を暗黒に落とし、すねたような顔で言う。

「いいよな、おまえは……どうせ俺なんか」

「ぜんぜんよくないよ……こんな闇……」

影山が矢車から顔を背ける。

「相棒、教えてくれ……どんな闇なんだ？」

「嫌だ」

「頼む。俺はすべての闇を知りたい」

「兄貴……」

影山は決意をしたように矢車を見つめると、ネイティブに変身した。

矢車は表情を変えぬまま、ネイティブを見つめた。

「笑えるだろ？　笑ってくれよ、兄貴」

影山はネイティブからまた元の姿に戻った。

「俺も兄貴といっしょに真夜中の太陽を摑《つか》みに行きたかったけどさ、俺はもう一生、この本当の闇から出られないよ……だから……」

影山はパンチホッパーに変身した。

「兄貴を殺して俺も死ぬよ」

「そして二人で地獄に墜ちるというわけか、相棒」

「ああ、一人じゃ寂しいからね」

「おまえはいいよな。最後まで甘えん坊でいられて」

「うわあああああああ！」

パンチホッパーが矢車に襲いかかる。

「さよならだ！　兄貴！」

パンチホッパーの必殺技、ライダーパンチが矢車に迫る。

「どうせ俺なんか……」

矢車がライダーパンチをかわした。

「俺も笑ってもらおう」

矢車がキックホッパーに変身した。

「兄貴ーっっっ！」

パンチホッパーが再びライダーパンチで迫る。

「相棒！」

ジャンプしたキックホッパーはその勢いのまま、ライダーキックを炸裂《さくれつ》させた。

パンチホッパーはそのキックを迎え入れるように受け止めた。

ドーン！

夜の埠頭に爆裂霧散の嵐が吹いた。

しかしその嵐も闇にまぎれ、誰も気づかなかった。

北欧行きのタンカーが、月光を反射して波模様を作る大きな海のキャンバスを切り裂くように進んでいた。

夜の海原はすべての音を吸い尽くしたように静かだった。

柔らかな月光を浴びたタンカーの一角に密航者の影があった。

淡い月光さえ届かない暗闇の壁にもたれて、矢車が座り込んでいた。

矢車の腕には影山が抱かれていた。

「相棒、俺たちは永遠にいっしょだ……」

しかし矢車に頬を寄せるように俯《うつむ》いたままの影山は瞳を閉じて動かない。

「行こう、俺たちだけの光を摑みに……」

影山は返事をしない。

「けっして輝かない闇にまみれた光を摑みに……なあ、相棒」

影山は息をしていなかった。

矢車の瞳から涙がこぼれ落ちた。

その血の涙は月光を反射してどす黒く光った。

それこそが二人が摑もうとしていた闇の光なのかもしれなかった。

決戦！③

緊急処置室から慌てた様子で医師が出てきた。

「先生！　親父は⁉」

医師を引き留め、父親の容体を聞こうとするのは加賀美だった。

昨晩、簡易的に止血はしたものの陸の容体は悪くなる一方で、加賀美は捕まるのを覚悟で陸をこのＺＥＣＴの病院へ連れてきたのだった。

「まだ予断を許さない状態です。とにかく全力を尽くします」

医師は看護士にいくつかの指示を出すとまた処置室に戻っていった。

その慌てた様子がよけいに加賀美を不安にさせたが、加賀美にはどうすることもできなかった。

「先輩」

その声に振り返ると蓮華が来ていた。

「蓮華……」

「同僚から聞きました。カブトを倒したんですか？」

「ああ……でもそれは」

「これを」

蓮華は加賀美に封筒を渡した。

それはオムライスと共に天道が届けた『天』の文字の封筒だった。

「師匠に万が一のことがあった場合はこれを加賀美に渡せって」

「天道が⁉」

「はい」

加賀美は封筒の中にある天道からの手紙を読もうとした。

だがそのときちょうどロビーに設置されたテレビで三島の会見の全国放送が始まった。

やけに生き生きとした表情になった三島がテレビカメラの前で意気揚々と喋り出した。

「国民の皆さん、新たにＺＥＣＴの総司令官となった三島正人です。まずは皆さんに嬉しいニュースがあります。我々はワームの完全なる殲滅までもう一歩のところまで来ています。引き続き、我々が配っているネックレスの装着にご協力ください。またネックレスをしていない人間はワームである可能性が高いと考えてください。ネックレスをしていない人を目撃した方は、必ずＺＥＣＴまでご連絡ください。国民の皆さん、改めて注意してください。ワームはまだ皆さんのすぐ横に潜んでいます」

その三島の会見はさまざまな街の巨大モニターで映し出されていた。

そのそばではＺＥＣＴの隊員がネックレスを配っていた。

すでに街を行くほとんどの人がネックレスをしていた。

しかし配布所の前を通りかかった男はたまたまネックレスをしていなかった。

「待て！　おまえ、なぜネックレスをしていない！」

「そんなの俺の勝手だろ」

「今すぐこのネックレスをつけろ」

「いやだね」

突然、男をゼクトルーパーが囲んでマシンガンブレードを向けた。

「な、なにすんだよ！」

「おまえ、ワームだな！」

「違う！」

「拘束《こうそく》しろ！」

「やめろ！　はなせ！　俺はワームじゃない！」

だが男は殴られ、蹴られ、すぐに文句を言えない状態になった。

男はさらに後ろ手に手錠をかけられると護送車へと連行されていった。

ＺＥＣＴの隊員たちの行動は日に日に過激になっていっていた。

それを田所と岬が苦々しい表情で見ていた。

病院のロビーでは加賀美と蓮華がまだ三島の会見を見ていた。

「繰り返します。ワームを殲滅するためにネックレスの着用にご協力ください」

加賀美はその偽善に満ちた三島のいやらしい声を聞きながら天道の手紙を読み始めた。

「奴らの狙いは、人間をネイティブに変えることだ。だが、ネックレスが全人類に行き渡るのを待つはずがない。ネックレスは、いわばアンテナにすぎない。そのアンテナにショックを与え、全人類をいっせいにネイティブにする。そのための送信施設がどこかにある……」

「送信施設……？」

ちょうどテレビの中の三島が話し始めた。

「そして本日午後三時には、ワームを完全に殲滅し、人類の勝利宣言を全世界へ向けて放送します」

三島を映す映像がズームアウトするとそこはどこかの山頂にある送信施設だった。

「あの施設のことか……」

加賀美は決意した。「当たって砕けるしかない」と。

「蓮華、親父を頼む」

歩き出した加賀美を蓮華が止める。

「ダメですよ、先輩！」

蓮華は泣き出しそうな顔で加賀美を見つめた。

「師匠がいなくなった上に先輩までいなくなったら、あたし……」

加賀美はあえて優しい笑顔を作り、諭すように言った。

「俺がやらないとダメなんだ……俺が天道の分まで……」

「先輩……」

加賀美は歩き出した。

病院の外へ出た加賀美は振り返り、陸がいる部屋を見つめた。

「親父、いってくる……死ぬなよ」

加賀美はそう強く念じて病院を後にした。


山頂にある送信施設の一室にエリアXから運び出されたさまざまな機材が並んでいた。

その機材に埋もれるようにして意識のないダークカブトが横たわっていた。

ネイティブの科学者たちはそのダークカブトを何かの動力源にするように、さまざまなコネクタでさまざまな機材と繫《つな》いでいった。

一つはシブヤ隕石と同じ形状を持つ巨大な石であり、一つは送信機材であった。

なぜかそのそばで三島が血の滴るステーキを食べていた。

かつては栄養剤しか口にしなかった三島であったが、ネイティブになってからは肉だけの食生活に変わり、その食欲は異常なまでに旺盛だった。

「どうだい？　準備のほうは？」

根岸がやってきて三島に聞いた。

「順調だ。三時までには全世界にネックレスが行き渡るだろう。たとえ行き渡らなかったとしてもネックレスがアンテナの役割をして全人類にショックを与えられる。そうなれば」

「世界中の人間がいっせいにネイティブに変貌する。そして真の平和が訪れる。今日はまさに祝福の日ですね」


加賀美のバイクはフルスロットルで送信施設に向かっていた。

だがその手前の道路がゼクトルーパーによって封鎖されていた。

加賀美は強引に封鎖を突破しようとした。だが……。

「加賀美ーっっっ！」

ゼクトルーパーの中から聞き慣れた低い声が聞こえた。

田所だった。その横には岬もいる。

加賀美は急ブレーキをかけて、バイクを停めた。

「田所さん……岬さん……」

道を封鎖するゼクトルーパーは田所に率いられていた。

「ここを通すわけにはいかん！」

「加賀美君、あなたとあなたのお父さんには射殺命令が出ているわ」

「親父ならすでにZECTの病院にいます」

「なにっ⁉　本当か⁉」

「親父は俺が助けたときにはもう三島と根岸によって重傷を負わされていました」

「重傷を⁉」

「エリアXでネイティブに変えられようとしていたんです」

「それで、加賀美君はどうするつもりなの？」

「俺は根岸さんの計画を止めます」

「根岸さんの計画だと？」

「どういうこと？　計画って何なの？」

「それを説明する時間はありません」

田所と岬は加賀美を睨む。

加賀美はまっすぐに田所と岬を見返す。

「加賀美君にはどうしても行かなければならない理由があるのね」

「はい」

「おまえにはひたすら前に突っ走るだけの理由があるというのだな」

「はい」

田所と岬は視線をかわした。

「いいだろう」

田所と岬はクルリと向きを変え、加賀美を守るようにゼクトルーパーと対峙《たいじ》した。

「理由はわからんが俺はあくまでもおまえをサポートする！」

「私も加賀美君を信じる」

「加賀美！　おまえは行け！」

「でもそれじゃ田所さんと岬さんが」

「構うな！」

「急いで！」

加賀美と田所、岬の視線が重なる。

「……はい！」

加賀美が急発進させたバイクで封鎖された道路を突破しようとする。

ゼクトルーパーはその一部がネイティブに姿を変え、加賀美に襲いかかろうとする。

「おまえら、俺の大切な部下に指一本でも触れたらただではおかんぞ！」

田所が生身で加賀美に襲いかかろうとするネイティブに拳を食らわせる。

「私の後輩にもね！」

岬がＺＥＣＴの銃でゼクトルーパーのマシンガンブレードを弾き飛ばした。

「行ってきます！　田所さん！　岬さん！」

銃弾の飛びかう中を加賀美がバイクで駆け抜けていった。

前方にはすでに送信施設のある山が見えていた。


ビストロ・サルの厨房ではひよりが料理を作っていた。

そしてついに料理が仕上がった。

ひよりが味見をする。

「うん」

満足のいく味だった。

ひよりは樹花の教えてくれた言葉を思い出していた。

「おばあちゃんが言っていました。料理は人から人へ受け継がれ、その味は人と人をも結ぶって」

ひよりは天道が喜んでくれる顔を想像した。

「おまえのおかげで完成したよ、天道……」

ひよりはこの料理を誰よりもまず天道に食べてもらいたかった。

そこへ弓子がやってきた。

「ひよりちゃん、料理はどう？」

「できました」

「じゃあ、いよいよだね！」

「はい」

今日はひよりがビストロ・サルのシェフを務める最初の日だったのだ。

「これ、私からのプレゼント」

弓子が新品のコックコートと帽子を手渡した。

「僕に？」

「ええ」

「ありがとうございます。僕、頑張ります！」

「うん……じゃあこれ出しとくね」

弓子がいつも店の扉の前に出しているランチメニューの黒板を見せた。

そこにはチョークで『ひよりみランチはじめました』と書かれていた。

山の頂上にある送信施設では通信衛星をも利用して世界中に同時にある電波を送るための準備が着々と進んでいた。

送信施設のそばには根岸と三島がいた。

「いやあ、いよいよですね。送信開始まであと五分ですよ」

「愚かな人類の歴史は終わり、我々ネイティブが新たな歴史を刻む時が来る」

ブロロロオオン！

どこからともなくバイクのエンジン音が轟《とどろ》いてくる。

「この音は⁉」

「何事だ⁉」

根岸と三島があたりを見回す。

根岸たちを警護していたゼクトルーパーがマシンガンブレードの銃口を送信施設へと続く道に向かって構える。

だがゼクトルーパーの意表を突くようにガタックエクステンダーは森の中から現れた。

そして獲物に襲いかかるライオンの如くジャンプして、根岸と三島に襲いかかった。

ブロロロオオン！

咄嗟《とっさ》に左右にかわした根岸と三島だが焦りの色は隠せない。

ガタックエクステンダーをブレーキターンさせる加賀美。

「貴様！」

怒りの表情を浮かべて加賀美に食ってかかろうとする三島。

だが根岸はそんな三島を止め、いつもの人なつこい笑顔で言った。

「いやあ加賀美君じゃないですか、びっくりしたな～……どうしたんですか？　加賀美君は僕に力を貸してくれるんじゃなかったんですか？」

　ガタックエクステンダーから降り立った加賀美は根岸をまっすぐに見据《みす》えて叫ぶ。

「この世界をおまえらの好きにはさせない！」

「え？　いやあ、まいったな〜」

「おまえたちの計画はすべて知っている！」

「計画？　なんのことかな〜？」

　あくまで笑ってごまかす根岸を今度は三島が制した。

「もう猿芝居は結構。こいつを殺せばそれで済むことだ」

　三島が加賀美に向かって一歩踏み出す。

「私はね、昔から嫌いだったんだよ、君のようにただひたすらまっすぐな奴がね」

「俺も昔からあんたが嫌いだった」

「それは光栄だね」

　三島がグリラスワームに変身した。

「変身！」

　加賀美がガタック・マスクドフォームに変身。

　同時にガタックバルカンを放った。

　グリラスワームはよけるのも面倒だと言わんばかりに、なすがままガタックバルカンの銃弾を全身に浴びた。

「ガタックバルカンが効かない……!?」

「ククク、驚くのはまだ早い」

グリラスワームがガタックの胸元に飛び込み、鉤爪で攻撃をしてくる。

ガキッ！　ガキッ！

ガタックは防御するが、グリラスワームの鉤爪の威力にガタックのマニピュレーターアームは切り刻まれて飛び散り、胸元の強化チェストが砕かれていく。

「クッ……！」

後退するしかないガタック。

一方のグリラスワームは余裕の表情だ。

「ヒヒイロノカネだったかな？　ライダーどもの全身を覆うマスクドアーマーに使われた未知なる金属は」

「だったらどうした？」

「私の鉤爪にはそのヒヒイロノカネをも超えるヒヒイロノオオガネが使われているのだよ……ネイティブが人間どもを絶滅させるためにさらに進化させた最強の金属がね」

「強度で勝てないならスピードで勝ってやる！」

ガタックがベルトのレバーを引く。

「キャストオフ！」

ガタックがマスクドフォームからライダーフォームにチェンジした。

だがそのとたん、ゼクトルーパーがマシンガンブレードでガタックを銃撃した。

ズガガガガガ！

「ううう っ⁉」

銃撃のダメージが大きく、後退するガタック。

「ククク、そして彼らの銃弾にもヒヒイロノオオガネを使っている」

「いやあ、それだけじゃありませんよ。君のお仲間だったゼクトルーパーの皆さんも、すべてネイティブになってもらいましたからね」

攻撃してくるゼクトルーパーのフェイスヘルムにネイティブの幻影が浮かぶ。

そんなゼクトルーパーにガタックが叫ぶ。

「みんな！　人間だったときのことを忘れてしまったのか⁉」

だがゼクトルーパーは感情を失ったかのようにマシンガンブレードを構える。

「思い出してくれ！　俺といっしょに戦った日々を！」

ズガガガガガ！

ゼクトルーパーは容赦なくガタックにマシンガンを放った。

「クッ……！」

ガタックはダブルカリバーを抜き、マシンガンの銃弾を跳ね返した。

それでもゼクトルーパーは攻撃を止めない。

「このままでは倒されてしまう……⁉　だけど……！」

ガタックはかつて仲間だったゼクトルーパーを攻撃する気にはなれなかった。

「クロックアップ！」

ガタックが超高速空間でグリラスワームに攻撃の的を絞る。

「ライダーカッティング！」

だがグリラスワームは動きの速さでもガタックに勝っていた。

ダブルカリバーを握るガタックの両の手を軽く受け止めたグリラスワームは、両肩から触手を出し、ガタックの両肩口に突き刺した。

「ううっ⁉」

ガタックは触手から逃れようとするが、ガタックの体を貫通している触手はなかなか抜けない。

それどころか、さらに何本もの触手を出したグリラスワームは、それらの触手を一気にガタックの全身のあちこちに突き刺した。

「うううっ⁉」

「どうした⁉　それで終わりか？」

「クッ……うおおおおお⁉」

ガタックが渾身の力でグリラスワームの触手を振り払おうとするが振り払えない。

「戦いの神、ガタック！　戦いにおいて死すべし！」

ガシッ！

グリラスワームの鉤爪がガタックの胸元のガタックブレストを突き破った。

「ぐわっ⁉」

ヨロヨロと後退するガタックにさらにグリラスワームの攻撃が加えられていく。

ガシッ！　バキッ！　ガシッ！

「うっ⁉　ううっ⁉　うううっ⁉」

ガタックの全身のアーマーが破壊されていく。

「いやあ忍びない。もはや加賀美君に勝ち目はありません。諦《あきら》めてください」

根岸が嘘にまみれた優しい笑顔を作る。

「まだだ……負けて……たまるか！」

ガタックは全身をボロボロにされながらも最後のチャンスを狙っている。

「弱いものをいたぶるのがこんなに楽しいことだったとはな……ハハハハ！　壊れろ！

もっと壊れろ！　ハハハハハ！」

グリラスワームは笑いながらなおもガタックを破壊していく。

やられる一方のガタックだったがグリラスワームに一瞬だけできたスキを見逃さなかった。

ガタックがカリバーでグリラスワームの喉を突く。

バキッ！

だが無残にもカリバーは折れてしまった。

「そんな……!?」

「残念だったな……だがこれが強さの違いというものだ」

グリラスワームの鉤爪がガタックのボディをえぐった。

メリメリメリ……！

「ぐはっ!?」

ガタックは崩れ落ちた。

そして両膝をつき、ゆっくりと前のめりに倒れていった。

変身解除したガタックは加賀美の姿に戻った。

そしてそのまま絶命していくかの如く、加賀美は瞳を閉じていく。

それを見て微笑んでいた根岸は時間を確認した。

「いやあ、そろそろ時間ですね。送信を開始しましょう」

血に飢えたグリラスワームは返事をしなかったが、室内では送信クルーたちが機材の操作を始めた。

送信設備が作動を始め、ダークカブトを媒介にしたある特殊な電波がマシンによって増幅されていく。

「さあ新たな世界の始まりです」

根岸の合図と共についにその特殊な電波が全世界に向けて送信され始めた。

それは日本に留まらず、中国、イギリス、フランス、アメリカ、ロシアなど……世界中の街のあちこちに届き、ネックレスをした人たちを苦しめ始める。

それをあざ笑うように世界各国へ向けた放送で根岸が宣言を始めた。

「人間の皆さん。私はまことに残念です」

山を見おろす送信施設のそばでカメラクルーに向かって根岸が喋っている。

「我々は人間と武闘派ワームの戦いをずっと長い間、見てきました。ワームは地球を侵略しようと、卑劣な手段を使って人類を殲滅しようとしました。しかし、では、人間の側はどうでしたか？　人間とてワームと同じです。侵略者であるワームを殲滅しようとするだけで話し合いによる和解を求めようとはしなかった。それもそのはず。人間にはワームと共存する気などまったくありませんでしたから」

そんな根岸の言葉に瀕死の状態だった加賀美の瞳が開いた。

「人は必ず争い合う。それは人類の歴史を見れば一目瞭然です。国家や民族の壁さえ越えられず、何度も、いつまでも、争いを繰り返している。そんな人間たちに我々ネイティブとの共存など不可能です。ですから我々は人類をすべてネイティブにすることにしました」

加賀美はまだかすかに残っていた最後の力を振り絞り、なんとか立ち上がろうとした。

「それが真の平和です。愚かな人間どもはもう必要ありません！」

そう言い放った根岸にたった一人、加賀美が立ち向かった。

「黙れ！　人間だって捨てたもんじゃない。天道みたいな凄い奴もいる！　人間だのネイティブだの、あいつにそんな分け隔てはない！　あいつは、もっと上を見ている！　天を見ている！」

「加賀美君、まだ生きていたのですか？」

「殺すだけでは足りない。この俺が奴を食らってやる」

グリラスワームがゆっくり加賀美へ向かって歩いて行く。

だがそれでも加賀美は訴え続ける。

「あいつにはたとえ世界を敵に回してもたった一人で戦う覚悟がある。そしておまえのように諦めたりはしない！　天道ならきっと世界を変えられる！」

「いやあ、でも天道総司はもういないじゃないですか。私たちにだまされた貴方が始末してくれましたからね……ハハハハ！」

「ククク！」

根岸とグリラスワームの勝ち誇ったような笑い声が響く。

「クッ……！」

悔しいが加賀美に反論はできなかった。

だがそこへ……。

「おばあちゃんが言っていた」

加賀美がいつも悔しい思いをさせられた、あの声が響き渡った。

「天道⁉」

加賀美が叫ぶがその姿は見えない。

姿なき天道の声に驚愕し、根岸とグリラスワームもあたりを見回す。

世界中の街のあちこちでネックレスをした人々が、それまで全世界に放映されていた根岸の言葉に変わって、天道の声に耳を傾けた。

「世の中で覚えておかなければならない名前はただ一つ」

送信施設がある山頂では天道の声に合わせて、風が吹き、雲が流れ、太陽が輝いた。

「天の道を往《ゆ》き、総《すべ》てを司《つかさど》る男……天道総司《てんどうそうじ》」

神の怒りの如く大きな地鳴りが起こった。

その揺れで立っているのがやっとの根岸、グリラスワーム、そして加賀美。

ガガガガガガ！

大地が裂けた。

そのせいで送信施設が傾くと、送電線が切れ、特殊電波の送信は中断された。

世界中のネックレスをしていた人々が苦しみから解放された。

そしてついに大地の裂け目から天道総司が姿を現した。

「天道！　生きていたのか⁉」

加賀美が叫ぶ。

「当然だ。俺は世界そのもの。世界がある限り、俺はある！」

天道は一輪の花を手にしていた。

それはあのビル解体現場の瓦礫の下で月光を浴びて輝いていた蕾だった。

蕾は天道の手の中で美しい花を咲かせていた。

「ううう……⁉」

その花は不思議な輝きを放ち、その光はなぜか根岸とグリラスワームには眩《まぶ》しくて仕方なかった。

「な、なんなんですか、その花は」

「眩しい。俺たちにその花を見せるな！」

「この花はおまえたちへのたむけだ」

天道がその花を投げる。

花びらがグリラスワームを翻弄し、花の茎が根岸の左目に突き刺さった。

「うわ～っ！」

根岸の目から緑色の体液が流れ出る。

「夢破れた男に花一輪。その花と共に天に昇るがいい」

根岸が目から花の茎を引き抜いて叫ぶ。

「クッ！　己自身さえ変えられない愚かな人間が！」

「それがおまえの限界だ。人間は変われる」

天道はビストロ・サルの厨房で一生懸命に料理をするひよりの姿を思い浮かべた。

「生き物に人間もネイティブもあるものか……この世界に生きとし生けるもの、すべての命はみな、等しい」

「すべての命が？」

「等しいだと？」

「そして自分ではない誰かのために、自分を変えられるのが人間だ。自分のために世界を変えるんじゃない、自分が変われば、世界が変わる。それが天の道だ！」

その天道の言葉は加賀美の胸をも打った。

そして加賀美も根岸たちにこう言い放った。

「天道の言うとおりだ！　俺たちは俺たちの手で……人間とネイティブがいっしょに暮らす世界を！　争いのない世界を作り上げてみせる！」

その加賀美の熱い叫びは、今度はネイティブに変えられていたゼクトルーパーの胸を打った。

「いやあ、それじゃああえて言わせてもらいますよ」

根岸の顔から、わざとらしい笑みが消えていた。

「人間とネイティブがいっしょに暮らす世界など必要ありません。そもそも人間など必要ないんです！」

「やっと本音を吐いたか」

「いけませんか？」

「所詮おまえはその程度だ」

自信と余裕に溢《あふ》れていた根岸の顔も天道の登場と共に、今では卑屈な顔にしか見えなくなっていた。

「撃て！　撃てー！」

根岸が叫ぶ。

だがゼクトルーパーは動かない。

「どうした⁉　なぜ撃たない⁉」

ザザッ！

ゼクトルーパーのマシンガンブレードの銃口がいっせいに根岸のほうへと向いた。

加賀美が嬉しそうに叫ぶ。

「みんな……人間の心を取り戻してくれたのか⁉」

「これだから困るんです。人間から無理矢理ネイティブに変えた連中は……それならば生まれながらのネイティブに処刑してもらいましょう」

送信施設で作業をしていた科学者たち、テレビクルーたちがネイティブに姿を変えた。

そしてゼクトルーパーに襲いかかり、戦闘が始まった。

「ウジ虫どもはこの私が始末してやる」

天道と加賀美の前にはグリラスワームが立ちはだかった。

「いくぞ！　加賀美！」

「ああ！」

「変身！」

天道がカブトに変身する。

「変身！」

加賀美がガタックに変身する。

ガシッ！　ガツッ！　ガキッ！

マスクドフォームのカブトとガタックがパンチ、キックの攻撃をグリラスワームに加えていく。

グリラスワームは強固な鉤爪で対抗する。

ガシッ！　ガツッ！　ガキッ！

強度ではグリラスワームの鉤爪が勝っているが、カブトとガタックは息のあったコンビネーションでグリラスワームのスキを突き、攻め立てる。

しかし防御にも優れた固い外殻がグリラスワームを攻撃のダメージから守った。

「効かないのだよ！　貴様らウジ虫の攻撃など！」

ガキャッ！

「クッ……！」

グリラスワームの鉤爪がカブトのマスクドアーマーをも破壊していく。

「キャストオフ！」

「キャストオフ！」

同時にライダーフォームにチェンジしたカブトとガタック。

しかし動きの速さでも勝るグリラスワームがカブトとガタックをズタズタにしていく。

ガキッ！　ガコッ！　ガキャッ！

カブトがハイパーゼクターを握りしめる。

「ハイパーキャストオフ！」

カブトはハイパーカブトに変身した。

パーフェクトゼクターを構え、オールゼクターをコンバインしようとしたが、その刹那《せつ》那《な》、グリラスワームが飛来したザビーゼクターとドレイクゼクターを鷲掴みにした。

「ククク……私の勝ちだ！」

グリラスワームの肩口から発した触手がハイパーカブトの肩を突き刺した。

グリラスワームの左の鉤爪がハイパーカブトのボディに打ち込まれる。

その刹那。

「させるか！」

ガタックがまだ一本だけ残っていたカリバーでグリラスワームの右の鉤爪を弾いた。

グリラスワームの手を離れたザビーゼクターとドレイクゼクターが、すでに装着されていたサソードゼクターと共に、パーフェクトゼクターにオールコンバインされた。

「今だ！」

「マキシマムハイパータイフーン」

ドガガガガガガ！

ハイパーカブトの必殺技がグリラスワームの固い外殻を打ち砕いた。

ハイパーカブトとガタックが視線をかわす。

それは「あの技で行く」というアイコンタクトだった。

同時にジャンプするハイパーカブトとガタック。

「ライダーキック！」

「ライダーキック！」

ハイパーカブトとガタックのダブルライダーキックがグリラスワームに炸裂《さくれつ》した。

「ぐわああああああああ！」

グリラスワームは断末魔の雄叫びをあげ、一瞬だけ三島の能面の顔を浮かび上がらせた。

だが次の瞬間、爆裂霧散した。

ドーン！

「うっ、うわああああああ⁉」

根岸がその爆発の余波を受けて吹っ飛び、送信施設に叩きつけられた。

その送信施設もグリラスワームの爆発の余波で爆発寸前だった。

「送信施設が爆発するぞ！」

「ゼクトルーパーのみんなも逃げるんだ！」

ガタックの叫びに送信施設の近くにいたゼクトルーパーが退去していく。

「フフフフ！　見たか、天道総司！　加賀美新！　天は我に味方した！　私はこの場を生き延びる！　そしてネイティブ軍団を再構築し、人間どもを全滅させてやる！」

送信施設で小爆発が始まり、その爆発を盾にしている根岸を追撃できないハイパーカブトとガタック。

笑いながら逃げていく根岸。

しかしそんな根岸の腕を摑んで止めた黒いライダーがいた。

「お、おまえは⁉　は、離せ！」

根岸を引き留めたのはダークカブトだった。

「天道総司、この世界を頼んだよ。ひよりがいるこの世界を……ボクたちの世界を」

「任せろ」

ダークカブトは根岸を連れて送信施設に飛び込んだ。

「うわあああああ⁉」

同時に送信施設は大爆発を起こした。

ドドーン！

激しい炎が天を焦がし、どす黒い爆煙が舞い上がった。

その炎を見ながら天道は変身を解除した。

同じく変身を解除した加賀美はすべての力を使い果たし、その場に崩れ落ちそうになった。だが、そんな加賀美の肩を天道が支えた。

「やったな、天道……」

「もうちょっとスマートに決めたかったんだがな……」

「よく言う……」

「加賀美……一度しか言わないからよく聞いておけ」

「なんだ？」

「同じ道を往くのはただの仲間にすぎない。別々の道を共に立って往けるのは」

「友達だ」

「ああ」

「それもおばあちゃんの言葉か？」

「いや、俺の言葉だ」

天道がニヤリと微笑んだ。

加賀美もニヤリと返した。

「加賀美君！」

「師匠～！」

岬と蓮華が駆けてくる。

その後方からは田所もやってくる。

「陸さんも無事だ。よくやったぞ、二人とも！」

それぞれがそれぞれのできうることを全力でやりきった、爽やかな笑顔を浮かべていた。

加賀美と天道も……。

二人は今、並び立っていた。


その日のビストロ・サルの客席には珍しい客が来ていた。

仮面ライダードレイクの有資格者、風間《かざま》大介《だいすけ》とその相棒ゴンであった。

「あ～！　メイクアップアーティストのお兄さんだ！」

店の手伝いで注文を取りに来た樹花が素っ頓狂な声をあげた。

「久しぶりだね。しばらく見ないうちに随分と美しくなった。たとえていうなら……その……えっと」

「百合子《ゆりこ》のよう！」

ゴンがいつものように助け船を出す。

「そうそう、それそれ……って百合子はゴンの本名だろ」

「そうだよ。あたしだってもう名無しのゴンベは卒業だもん」

ゴンの言うとおり、髪を下ろしたゴンは少し大人っぽくなっていた。

「じゃあ、お嬢さん、ひよりみランチを二つお願いするよ」

「かしこまりました。ひよりさん！　ひよりみランチ二つ入りました～！」

「はい！」

厨房から、ひよりが元気に返事をする。

ひよりは汗を拭う間もなく、料理を作り続けていた。

天道はまだ来ない。

でも寂しくはなかった。

「そばにいないときはもっとそばにいる……か」

ひよりは天道が言った言葉を思い出していた。

天道はそのうち必ず来てくれる。

そして店に入るなり、我が物顔でこう言うはずだ。

「サバ味噌！」

ひよりは料理を作り続けた。

扉が開き、厨房にも爽やかな風が吹き込んできた。

それは天の道を往く者が来た合図だった。

祭りのあと

1

「何をやってんだ、俺は！」

その日も加賀美新は万年床の布団の中で天井に向かって怒っていた。

天道総司、ＺＥＣＴの岬や田所たちが燃え尽きたあのネイティブとの戦い……。

その際、重傷を負っていた加賀美は天道によって一般の病院に担ぎ込まれた。

ＩＣＵで生死の境をさまよった加賀美だったが、なんとか一命を取り留めた。

そして一般病棟に移ったあと、加賀美はＺＥＣＴやネイティブのその後について医師や看護師に問いただした。だがいくら聞いても、「治療に専念」を理由に誰も答えてはくれなかった。

なぜかＺＥＣＴ側からもなんの連絡もなかった。

それは父である陸も、田所、岬、蓮華も、天道も、ひよりも同じだった。

見舞いはおろか、誰も連絡さえよこしてくれなかった。

入院から十日目、やっとベッドから動けるようになった加賀美は自らＺＥＣＴに連絡を取ろうとした。

だがどこにも繋《つな》がらなかった。

岬、田所、陸など、個人的な電話も繋がらなかった。

一ヵ月後、加賀美の退院が決まってからも同じだった。

誰とも連絡がつかない。

加賀美はビストロ・サルにも足を運んだが店は閉店していた。

「あのネイティブとの最終決戦のあとも、ひよりはビストロ・サルのシェフとして頑張っているはずなのに……どうして……?」

弓子にさえ連絡がつかないため、加賀美の疑問には誰も答えてくれない。

天道は加賀美を病院に届けたあと、「パリに行く」と言っていたが、それが嘘か本当かもわからない。


加賀美は仕方なく自宅のアパートに戻った。

だがいつもの部屋でいつもの生活が始まると物凄い脱力感に襲われ、布団の中から動けなくなった。

加賀美は天井の模様を眺めながら寝たり起きたりを繰り返し、結局、同じ疑問にたどり着いた。

「俺はこれからどうすればいいんだ……?」

達成感と喪失感がないまぜになっていた。

あのネイティブとの最後の戦いを境に世界は新たな方向へ舵《かじ》を切ったはずだった。

だが加賀美は多くのものを失った。

天道、田所、岬、蓮華、父親、そしてひより。

いや、正確には失ったかどうかさえわからない。

無気力に包まれ、ひたすら惰眠《だみん》をむさぼった。

ふいに携帯電話が鳴った。

加賀美は起きたくもなかったが、充電器に差したままの携帯は鳴り止む気配を見せなかった。

「もしもし」

やっと搾り出した声でそう言うと甲高い女性の声が返ってきた。

「タスケテ」

その声はまるで聞き覚えがない上に外国人が喋《しゃべ》る片言の日本語のようだった。

間違い電話と思い、何かを言いかけたとき、電話は唐突に切れた。

加賀美は携帯を置き、もう一度今の言葉を繰り返してみた。

「タスケテ」

その言葉の持つ深刻な意味とは裏腹に加賀美の気持ちは冷めていた。

「人類の未来を救ったこの俺にまだ頼みごとがあるのか？」

天道ならそう言うな、と加賀美は一人ごちた。

久しぶりに言葉を発するとなぜか思い出したように空腹を感じた。

「飯にするか」

加賀美は自分を奮い立たせるようにそう言って穴倉のような布団から這《は》い出た。

そして買い置きしてあったインスタントラーメンを作って食べた。

ラーメンをすする音がよけいに空しかった。

「このままじゃダメだ」

という思いがさらにわき上がってきた。

加賀美はテレビを付けた。

チャンネルを回す。

バラエティ、ワイドショー、ドラマの再放送。

昔と何も変わっていなかった。

ワームもネイティブもシブヤ隕石もまるでなかったことにされたようだった。

加賀美は悔しかった。命をかけて戦った者たちが皆、世界中の人々から無視されているように思えたからだ。

だが、そう思いながら、加賀美自身さえも、あの戦いがまるで遠い過去の出来事のように思えてきた。

間違いないのは加賀美が小汚いアパートの一室で一人ぼっちになっていることだった。

加賀美はとりあえず外に出てみた。


しかし加賀美にはどこにも行くべき場所がなかった。

公園のベンチに座り、加賀美はボンヤリと考えた。そして一つの結論に達した。

ネイティブとの戦いを終えてからの一ヵ月、その間に何が起きたのかを知らなければならない。

目的ができたことで初めて加賀美にもやる気が出てきた。

その足は自然と天道の家へと向かっていた。


だが天道家に着くとそこに表札はなかった。

呼び鈴を鳴らしたが返事もない。

加賀美は門を乗り越え、敷地内へと入った。

だがドアには鍵がかかっていた。ノックをするがやはり返事はなかった。

「どなた？」

ふいに背後から声をかけられ、加賀美は振り返った。

そこには一人のお婆さんが立っていた。
その目元は凛《りん》として涼しかった。

2

その上品な着物を着こなしたお婆さんは真っ白な、しかし生き生きとした白髪をきれいに後ろで束ね、まっすぐな視線で加賀美を見据えていた。

その堂々とした立ち居振る舞いから加賀美はその人こそ天道がいつも言っていたお婆さんかもしれないと思った。

「勝手に入ってすいません。俺は以前この家に住んでいた天道総司という男の友人で、加賀美という者ですが」

「そうですか。でも残念ながら今は誰も住んでいません」

「天道がどこに行ったのかご存知ないですか？」

「あいにくこの家の管理はすべて不動産会社に任せておりましたから……」

やはり天道はいなくなっていた。

「あ、でも天道の妹の樹花ちゃんは？」

「立ち話も何ですから、どうぞ中へ」

お婆さんは加賀美を家に招き入れた。

リビングに通された加賀美は昔と変わらぬ中の様子に懐かしさを覚えた。

だが天道がいつもふんぞり返っていた革張りのソファーは主人の不在に寂しそうだった。

お婆さんは天道の行方は知らなかったが、妹の樹花は二週間ほど前にアメリカに留学するため、旅立ったことを教えてくれた。

その後、この家具付きの家は空き家になったそうだ。

加賀美は丁寧《ていねい》にお礼を言い、家を後にしようとした。

「そうそう、忘れていたわ」

お婆さんはそう言って慌《あわ》てて奥へ消えると一枚の絵はがきを持って戻ってきた。

それは天道宛てのエアメールで一週間前にタイのバンコクから送られた絵はがきだった。

差出人はひよりの名前だったがその文章を書いたのはひよりではなかった。見慣れない字でしかも英語で書かれていたからだ。その内容はこうだった。

「私は泊まっていた宿でひよりと出会い、しばらくいっしょに旅をした者です。今、ひよりは病気で寝ています。高い熱が何日も続いて、病院へ行くように勧めたんですが、本人は行かないと言い張るし、おまけに誰にも連絡しないでって言うんです。でも心配なので彼女のノートにあったこの住所へはがきを送りました」

はがきにはそのリンという、文字から察するに女の子らしき人物の名前と泊まっているバンコクの宿の住所が書かれていた。

加賀美はその瞬間、あの「タスケテ」という外国人風の声も、もしかしてこのリンだったのではないかと思った。ひよりの手帳に加賀美の携帯番号が書かれていたとすれば充分あり得る。

加賀美は自分の空白の一ヵ月間のことなど、どうでもよくなった。

即座にひよりを助けにバンコクへ行くことを決めた。

それを聞いてお婆さんも安堵した。

はがきの文面を読んでお婆さんもひよりという少女のことを心配してくれていたのだ。

「若い人の行動力がうらやましいわ」

お婆さんは一瞬だけ少女のように瞳を輝かせた。

その笑顔は孤独だった加賀美の心に勇気とやる気を与えてくれた。

玄関まで見送ってくれたお婆さんはこれから旅立つ加賀美にお守りまでくれた。

加賀美は丁寧にお礼を言って、その家を後にした。

そのあとで加賀美はお婆さんと天道との関係を聞きそびれていたことを思い出した。

「まあいい。今はとにかくバンコクへ行くことだ！」

加賀美はそう決断した。

だが加賀美の海外旅行の経験と言えば高校の修学旅行でハワイに行ったことぐらいだっ

た。

何から始めればいいのかわからない加賀美は、まずはコンビニで旅行雑誌を立ち読みし、それなら直接行って話したほうが早いと雑誌にあった旅行会社に出向いた。

意気込んで窓口に行った加賀美であったが、担当してくれた女性は呆気ないほど簡単にバンコク行きの安いエアチケットを教えてくれた。

加賀美はその中からいちばん早く旅立てるものを選んで購入した。

加賀美は預金をすべて下ろし、成田エクスプレスに飛び乗った。

旅先のバンコクのことは何も知らなかった。

「だが行けばどうにかなる。とにかく前へ突っ走らなければ何も始まらない」

車窓からの風景をぼんやりと眺めながら、加賀美はそう自分に言い聞かせていた。

わずかな荷物を入れたバックパックの底にはガタックのベルトが入っていた。

3

加賀美がバンコクのスワンプナープ国際空港に着いたのは深夜だった。

ベルトの説明が面倒で貨物室に預けておいたバックパックを少し不安な思いでピックアップしに行った。

バックパックの中にちゃんとベルトは入っていた。ただのおもちゃとでも思われたのだろう。

加賀美ははがきに記された宿への行き方を聞くため、空港のインフォメーションに行ったが、休憩時間なのか誰もいなかった。

「コンニチハ！」

ふいにそう日本語で話しかけられ、振り返ると親切そうな顔をしたタイ人の男が立っていた。聞けば男はつい先日まで日本の大学へ留学をしていたと言い、片言の日本語と英語を喋った。

加賀美ははがきにあった宿の住所を見せ、身振り手振りでそこへ行きたいと伝えた。

「コレ、カオサンだね！」

男は宿の住所をカオサンだと言い、自分の車で乗せて行ってくれると言った。

初めての異国の地で親切にされ、加賀美は涙がでるほど嬉しかった。

移動中も男は明るかった。

「アキハバラ、スシ、フジヤマ、ロッポンギ、オタク！」

男は矢継ぎ早にそれらの話題で盛り上がり、加賀美に缶ジュースとパンまでくれた。

加賀美はなんの疑いも持たず、それを食べ、飲んだ。

パンの中のクリームは少し変な味がしたが男が親切でくれたものを食べないわけにもいかなかった。

加賀美はがまんして全部食べ、全部飲んだ。

その後も男のおしゃべりは止まらず、受け答えに疲れた加賀美が車窓に目をやると車は複雑な小道を右へ左へと走り始めた。

それでも加賀美はなんの疑いも持たずこんなことを考えていた。

「日本に留学したってことはかなりの金持ちだと思うけど、そのわりにはえらくオンボロな車に乗っているんだな」

そう思っていたとき、突然、睡魔が襲ってきた。

それはどうにも逆らえない強烈な睡魔だった。

加賀美は車を運転するタイ人に何かを言おうとしたが、「う〜あ〜」といったうめき声にしかならない。

それでもタイ人はそれまでと変わらぬ人なつっこい笑顔で加賀美を振り返り、冗談を言い続けた。

さすがの加賀美もそのタイ人の笑顔の奥に微妙な悪意が潜んでいるのに気づいた。

だがしかし、時はすでに遅かった。

加賀美の意識がガックリと、まさにガックリとしか言いようがないように突然、弾け飛んだ。


翌日、うだるような暑さで目覚めた加賀美は自分が路上に寝転んでいることに気づいた。けだるそうに眠る野良犬の群れの隅っこで加賀美は全身泥だらけだった。

道往く人の酔っ払いを見るような冷たい視線。

加賀美はその視線が辛くて場所を移動しようと思ったが、立とうとしたとたん、船酔いのように視界がぐらつき、尻餅をついた。

加賀美はボンヤリした頭で自分の身に何が起こったのかを一つ一つ考え始めた。

そしてゆっくりと着実にわかってきた。

腕時計とバックパックと財布が消えていた。

その状況は考えたくないシンプルな答えを示していた。

あの親切を装ったタイ人にまんまとやられたのだ。

たぶん車内でくれたパンと飲み物には強力な睡眠薬が入っていたのだろう。最悪なのはガタックのベルトさえも盗まれていたことだ。それはかなり深刻な状況のはずだったが、あまりの深刻さゆえ、加賀美を現実から逃避させた。

しかし受け入れないわけにはいかない。金も荷物もガタックも、すべて失ったのだ。

「俺ってなんでこう……バカなんだ」

加賀美は落ち込むしかなかった。

しばらくしていくぶん頭がハッキリし、とりあえず立ち上がってみた。

ズボンのポケットにパスポートが入っていた。

そんな場所にパスポートを入れた覚えは加賀美にはなかったから、あのタイ人が情けをかけてポケットにねじこんでくれたのだろう。

パスポートにはお婆さんからもらったお守りも挟《はさ》まれていた。

加賀美は警察官を見つけ、なんとか自分の状況を話そうとした。

だが、かたことの英語も通じず、タイ語もまったくわからないため、うまく説明できなかった。

すると通りすがりの日本人が声をかけてくれた。

加賀美は喜んだ。そしてこれまでの事情を話した。

その旅慣れた感じの男は大使館で金を借りて日本へ帰るしかないと言った。

「授業料だと思えばいいんじゃない？　ちょっと高くついたけどさ」

男はそう付け加えると人ごみの中へ消えていった。

その男がいなくなってから、加賀美は日本大使館がどこにあるかさえも知らない自分に気がついた。

男の言うとおりだった。

あまりにも無知だった。

自分で自分が情けなかった。

さんざん落ち込んだあげく、ふとあのタイ人の思惑が読めてきた。

身ぐるみ剝がしておきながらパスポートだけ返してくれたのは問題を大きくされるより、速やかに帰国してくれたほうがありがたかったからだ。

加賀美は完全に負けていた。悔しかった。

スモッグ越しの太陽は加賀美の肌をジリジリと焼いていた。

滴り落ちる汗と喉の渇きは加賀美が高校球児だったころの夏の猛練習を思い出させた。

あのころの加賀美は限界まで疲れ果てたときからが本当の練習だと叩《たた》き込まれた。

その記憶が加賀美を奮い立たせた。

「まだだ。まだこれからだ。負けるわけにはいかない。俺には目的がある。ひよりを助けるんだ。ひよりは俺の助けを待っている。今行くからな、ひより！」

加賀美の闘志にやっと火がついた。

バンコクの街はあまりの暑さのせいか人通りも少なく、静まり返っていた。

その焼け付くアスファルトの陽炎の中を加賀美は確実に一歩ずつ前へ進み始めた。

4

加賀美はさっそく、ひよりとリンのいる宿を探そうと思った。

だがすぐに途方に暮れた。

宿の住所が書かれたリンからのはがきもバックパックと共に消えていたのだ。

そうなると変な話だが、唯一の手がかりは加賀美をだましたタイ人の言葉だった。

「コレ、カオサンだね！」

あの盗人の言葉を信じるしかなかった。

幸いにも男は加賀美をカオサンの近くに捨ててくれていた。人をだましておきながら変に気のきく奴だと加賀美は一人ごちた。

「ひより、今行くからな！」

しかしカオサンの宿をしらみつぶしに探すというのは無謀な行為だった。

日本人旅行者に聞いたところ、このカオサンだけでも五百軒近い宿があるらしかった。

加賀美のつたない英語では説明にも手間がかかった。

現実は甘くない。

暑さと疲れ、さらに喉の渇きと空腹が加わるとさっきまでのやる気はあっさりと薄れ始めた。

金がなければ一口の水さえ飲めない。

生水だけは飲むまいと決めていたが、水たまりの水でさえ、飲みたいという誘惑にかられた。

力尽きた加賀美は日陰と座れる場所を求めて寺に入った。

日本と違って靴さえ脱げば誰でも気軽に本堂に入れた。

ひんやりとした本堂には金ピカの巨大な仏像が鎮座し、加賀美を見下ろしていた。

日本の仏像と違い、ニンマリと微笑んだおもしろい顔の仏像だったが、見ているとすべてを見透かされたような感覚になり、加賀美は自然と手を合わせた。

何かを祈ったわけでもなく、ただ頭を下げた。

タイ人が入れ替わり立ち替わりお祈りをしていった。

その本堂の隅で、加賀美は柱にもたれていつしか眠りに落ちた。

空腹と喉の渇き。

限界だった。

涼しい風が吹いた。

線香の匂いが心を癒した。

気がつくと夕方になっていた。

夕日が差し込む壁にはお釈迦《しゃか》様の生誕からの歴史が描かれていた。

この国が仏教の国であると知ったとき、加賀美は天道の家でお婆さんにもらったお守りを思い出した。

お守りを取り出してよく見ると妙な膨らみがあった。

開けると中に一万円札が入っていた。

お婆さんはお守りの中に餞別《せんべつ》を入れてくれていたのだ。

加賀美は仏像を見た。

仏像は「ほらな」と言う顔でニンマリ微笑んでいた。

「よっしゃー!」

気がついたとき、加賀美は寺の中で、でかい声で叫んでしまっていた。

加賀美はさっそくカオサンにある換金所に走り、一万円をタイバーツに換金した。

三千三百三十五バーツになった。

一枚の紙幣が十数枚の札と硬貨に変わり、えらく裕福になった気がした。

加賀美はエアコンのきいたコンビニへ入った。

いちばん安い水が五バーツで買えた。日本円で約十五円だ。

店を出ると蓋《ふた》をとるのも、もどかしく、浴びるように飲んで飲んで飲み続けた。

コンビニの外では屋台でやきそばを焼いていた。値段は二十バーツだった。

加賀美はすぐさま注文し、それをむさぼるように食った。

死ぬほどうまかった。

一度食べ始めると食欲は波となって押し寄せてきた。

加賀美はさらに焼きとうもろこし、串焼き、おかずをご飯の上に乗せた通称ぶっかけ飯を食べた。

腹がはち切れるほど食って、やっと落ち着いた気分になった加賀美は、屋台のテーブルでこれからのことを考えた。

「大使館に泣きつくのはお金がすべてなくなってからでも遅くはない。ひよりのいる宿を見つけるのが先決だ」

加賀美は心でそう呟《つぶや》いてみた。

すでに夜も更けていたのでまずは自分の泊まる宿を見つけなければならなかった。

加賀美は節約のために安宿を探しながら、ひよりとリンについても聞き込みを続けた。

ひよりたちの情報はなかったがこの街の事情がだんだん摑《つか》めてきた。

ここはバックパッカーという貧乏旅行者がひしめくカオサン通りだった。

そこには安宿がひしめいていて、中でもドミトリーという一部屋に六人分ほどのベッドを並べた相部屋がいちばん安上がりだった。

しかしそこからさらにどぶ川と排気ガスと何かが腐ったような臭いが染み付く最下層の

奥地へ行けば、シングル一晩八十バーツの宿があった。

しかもその宿の中国系タイ人の主は一週間分前払いなら一泊七十バーツ、日本円で約二百十円にしてくれるといった。それならドミトリーよりも安い。

部屋を見せてもらうと刑務所のような狭いスペースには、さまざまな人種のさまざまな旅人たちの汗を吸って臭気を放つ汚いベッドが置かれていて、シーツも毛布もなかった。

トイレもシャワーも、もちろんエアコンもなく、小さな窓には防犯用に鉄格子がはめられ、逆にそこから絶対に誰も外には出さないぞという意志が感じられた。

中国系タイ人の宿の主は前金で宿泊代を払えば干渉はしないが安全も保証しないと言わんばかりのぶっきらぼうな態度だったが、金のない加賀美はその宿に決めた。

そこは泊まる客もどこか捨て鉢な連中ばかりだった。

ドラッグにはまって動けなくなった者、旅に疲れ、しかし帰国もできずにこの一帯にへばりついている者、怪しげな商売をしながらここを常宿にしている者、宿泊者同士は無関心を装うのがルールのようだったが、なんとなくそんな事情が伝わってきた。

彼らは一様にして金がなく、金持ちの旅行者、とりわけ人のいい日本人は格好のカモのようだった。

「弱気になればつけいられる！」

その緊張感がへこたれそうになる加賀美の心をどうにか繋《つな》いでいた。

その夜はめちゃ食いのせいかひどい下痢になった。

しかし空腹と喉の渇きに比べればましだと加賀美は思った。

翌日から再び、ひよりとリンについての聞き込みを始めた。

だがさしたる情報は摑めなかった。

このカオサンは貧乏旅行者にとっては東南アジアの入り口で、旅行会社、両替所、安飯屋、ネットカフェ、みやげ物から偽学生証までありとあらゆる物を売る店が軒を連ねていた。その中には日本人ばかりが吹きだまるゲストハウスも何軒かあったが、そこでもひよりやリンに関する情報は得られなかった。

そして三日目が過ぎようとしたとき、加賀美はコンビニの前でたむろする人垣の中に見つけたのである。加賀美をだましたあのタイ人の男を。

「この野郎！　俺の荷物を返せ！」

頭にカーッと血が上り、気がついたときには加賀美は男に殴りかかっていた。

5

加賀美は再び町の外れに捨てられていた。

あのとき、勢いに任せて男に殴りかかったものの、どこからかすぐに男の仲間が集まってきて逆に数発食らい、トゥクトゥクという小型タクシーに連れ込まれて路地裏に行き、そこで本格的に袋叩きにされた。

頭部に受けた一撃で鼻の奥にぬるっとした血の感触を味わった加賀美は、その状況とは裏腹にやけに冷静に考えた。

「今度は殺されるんだな」

やがて加賀美は気を失った。

蚊に刺された頰がかゆくて目が覚めると目の前にはきれいな星空が広がっていた。

そこはバンコクの中心を流れるチャオプラヤー川のほとりで、全身血だらけの加賀美は刑事ドラマで見るまぬけな他殺体のようにゴロンと転がされていた。

持ち金はすべて奪われていた。

これでせっかくのお婆さんの餞別もすべて失った。

「もうちょっとうまくやれよ、バカ！」

加賀美は自分をなじった。

仰向けのまま満天の星を見ているとこうして今、バンコクの片隅に自分がいることさえ、嘘のように思えた。自分が情けなくて笑えてきた。

「おまえは本当におもしろい奴だ」

そうほくそ笑む天道の憎らしい顔が浮かんだ。

加賀美は体のあちこちに痛みを感じながらどうにか宿に戻った。

金はまったくなかったが、一週間分の宿代を前払いしてあったため、あと三日は宿泊できた。部屋にはのみかけの水もあった。

どうにか生きられる。

この先、どうすればいいのかまったくわからなかったが、とりあえずベッドに寝転んだ。

そして泥のように眠った。


「パリに行く」

加賀美は涼しい顔でそう言って別れた天道の夢を見た。

その夢から覚めた加賀美はベッドだけが置かれた小汚い部屋で冬籠《ふゆご》もりした虫のように動けなかった。昨晩殴られた顔は腫れ上がり、表面は血の固まったサナギの表皮のような、かさぶたになっていた。

そんなどん底の状態で、加賀美はもう一度、この一ヵ月間のことを思い返していた。ネイティブとの最後の戦い、その後、一般の病院に担ぎ込まれ、ＩＣＵで寝たり起きたりを繰り返し、それは生きたり死んだりの繰り返しだったかもしれないが、その峠を越え、ある程度、傷が癒《い》えてから退院し、自分のアパートに戻り、しかし何もかもやる気を失って布団から出られなくなってしまった。

「何をやってんだ、俺は！」

あのときも加賀美は布団の中で天井に向かって怒っていた。

今、このカオサンの安宿の天井ではオンボロの扇風機が回っていた。

だがそれは室内にこもった熱風をかき回すだけでなんの役にも立っていなかった。

そのゆっくりと規則的に回る羽根の向こうには得体の知れない液体によってできた染みがあった。

その染みの模様は身動きできないまま苦しみを訴えかける魔物のようで、加賀美にはそれがだんだんと自分の顔のように思えてきた。

「合わせ鏡か……バカにしやがって！」

加賀美は魔物と顔を合わせないように寝返りを打った。

蹴られた肋骨《ろっこつ》が痛んだ。

熱もあった。

殴られてズタズタに切れた口の中はひどく腫れ上がり、唾を飲み込むのも辛かった。

病院へ行くべきだったが海外旅行にはつきものの保険には入っていなかった。

保険無しで病院に行けばどれだけのお金をふんだくられるかわからない。

だいいち今の加賀美には病院を探し回る気力さえなかった。

ひたすらベッドで眠り、回復を待つしかなかった。

ヘドロの海の底に沈むような眠りに誘われると、眠ることがこの苦痛から逃れる最善の手段であると思え、すでに飽き飽きとした悪夢の中に身をゆだねるしかなかった。

生ぬるい不快な眠りだった。

汗まみれで次に目覚めたとき、加賀美はどうにかベッドから降り立った。

血の味しかしない生ぬるいペットボトルの水を喉の奥に流し込み、全身の痛みに耐えながらトイレだけ済ませ、部屋に戻ってまた寝た。

天井の魔物はさっきよりいくぶん優しくなったように見えた。

見知らぬ土地でただ一人、その魔物が自分に関心を持ってくれていた。

しかしそんなふうに考えること自体がかえって情けなく、いつしか背中一面にできたかゆい汗疹《あせも》を風に当てようと加賀美はうつ伏せになった。

「何をやってんだ、俺は！」

だが同時にもう一つの思いが浮かんだ。

「俺はこれから何をすればいい⁉」

加賀美はずっと避けてきたその言葉をもう一度心の中で反復した。

「オレハ、コレカラ、ナニヲスレバ、イイ⁉」

それはあのネイティブとの戦いの後、六畳一間の自宅のアパートで目覚めたときに思ったことと同じだった。

ひよりを助けに来たつもりが、ひよりの宿さえ見つけられず、ただ無意味にベッドで横になっている。どうしようもなく、バカ野郎の自分……。

加賀美がいるバンコク、カオサンの安宿の壁にオレンジ色の西日が映った。

近くを流れるチャオプラヤー川はすべての生き物からやる気を奪う灼熱《しゃくねつ》の太陽を地球の裏側へ流し込み、夜の街であるカオサンは徐々に活気を取り戻しつつあった。

しかし加賀美は動けないままだった。

一瞬ここが世界の果てに思えたが、実際はまだ入り口にも立っていなかった。

6

寝込んで三日目にどうにか顔の腫れと熱が引いた。その間、買い置きの水だけで耐え忍んだ加賀美の体は鉛筆のように痩せ細っていた。

だが明日には宿を出なくてはならない。

全身傷だらけにされ、全財産を奪われ、はがきという唯一の手がかりも失い、加賀美はスタート地点よりマイナスの位置にいた。

自分のことで精一杯だったが、この同じ土地のどこかでひよりが苦しんでいるのかもしれないと思うと一刻も早く助けてやりたいという思いが募った。

「とにかく片っ端から宿を探すしかない……だが待てよ！」

加賀美は改めて考えた。

はがきの住所がカオサンだと言ったのは加賀美を二度も地獄に突き落としたあのタイ人だ。

「嘘を言ったのかもしれない。いや、嘘だと考えるのが妥当だ。なぜ今までそれに気づかなかったんだ。俺のバカ！　デラックスバカ！」

心の中でそう叫んでいると、この八方塞がりの状況を開く扉が突然開いた。

「ワタシのコト、サガシてるの、キミ?」

片言の日本語を喋《しゃべ》るおかっぱ頭の女の子が扉のところに立っていた。

「え? 君は?」

「わたし、リン」

「リン……え⁉ リンって、あのはがきをくれた?」

「イエス。日本人のバックパッカーから聞いた。ひよりと私のこと、探してる日本人いる。それ聞いて、訪ねてきた」

「ひよりは⁉ ひよりは無事なのか⁉」

加賀美はリンの肩口を掴んで問い詰めた。

「わかんない。聞きたいの、私のほう」

「えっ⁉ どういうこと⁉」

「消えた。ある日突然」

「消えた⁉ ひよりが……⁉」

リンは頷いた。

加賀美は全身の力が抜けたようにその場に崩れ落ちた。

「大丈夫?」

「え? ああ……」

リンに聞きたいことは山とあったが、加賀美はとりあえずこう言うしかなかった。

「すまない、飯をおごってくれないか」

「え？」

加賀美が一文無しと知ったリンは自分がよく食べに行くという安い飯屋へ連れて行ってくれた。

そこは軒先にうまそうなタイ料理のお惣菜《そうざい》がズラリと並んだ中華系の店で、加賀美は優しい味のおかゆを立て続けに三杯たいらげた。

路上には相変わらず物乞《ものご》いや物売りや薄汚い野良犬が溢れていたが、野良犬のように一心不乱におかゆを喰らう加賀美の姿はその風景に妙になじんでいた。

そして加賀美自身もそんな欲望むき出しのタイという国が少しだが好きになっていた。

韓国人のバックパッカーで日本にも留学経験のあるリンはこれまでのいきさつを教えてくれた。

ひよりとはバンコクから列車で二時間ほどの距離にあるアユタヤ遺跡を観光しているときに知り合ったらしい。

女の子の一人旅は何かと危険なのでその後は行動を共にし、泊まる部屋もシェアすることにした。

そしてバンコクにもいっしょに来たのだが、ひよりの容態が悪くなり、誰かに連絡を付けようとあのはがきを出したのだ。

しかしはがきを出したことを知ったひよりはリンが出かけている間に宿を引き払い、どこかへ消えてしまったのだという。

「え？　君にも内緒で？」

「イエス。ひよりと私、友達だった。だから悲しい……何か事情があったと思う。ひより、いつも寂しそうだった」

「どこか行き先に心当たりはないの？」

「ない。でも不思議なこと、言ってた……世界の果てで生まれ変わりたいって」

「生まれ変わりたい？」

ひよりの出生の秘密を考えれば生まれ変わりたいという気持ちは痛いほどわかる。

しかし一方で冷静に考えていた。

「世界の果て？　それってどこだよ！」

7

ひよりが消えたあと、タイ北部のチェンマイに行っていたというリンはこれからタイ南部のサムイ島に行き、のんびり過ごすという。

さっそくその夜の長距離バスに乗るというリンを加賀美は見送りに行った。

「いっしょに行く？」

出発の時間が近づくとリンはそう誘ってくれた。

リンはちょっとかわいい子で加賀美の心はぐらついた。

カオサンに残ったところでひよりを探す手がかりは何もない。

いっそ同じバスに乗って南の島のビーチでのんびり過ごすというのは悪くない。

だが加賀美は断った。

ひよりを助けないことには何も始まらない。

するとリンは加賀美に一枚の千バーツ札を差し出した。

加賀美は断ろうとしたが、リンも譲らなかった。

「私が書いた手紙で、あなたが来た。私もひより助けたい。バット、そのお金がなくなったら、日本の大使館に行く。いいね」

加賀美は丁重にお礼を言い、日本に帰ったら必ず返すとリンに約束した。

そしてリンは地元でＶＩＰと呼ばれる高級大型バスに揺られ、夜の闇へと消えていった。


加賀美はまた一人になった。

「世界の果て……か」

薄汚れた路地で野良犬の糞を踏まないように歩きながら、加賀美は思った。

「俺だって今、その世界の果てにいるんじゃないのか？」

だが一方でこうも思った。

「でもたぶん、ひよりはここにはいない」


翌日、何か手がかりを探そうとリンとひよりが泊まっていたという宿に行ってみた。

そこはカオサンの中心街からかなり離れた小さな川のほとりで、路地の奥に申し訳なさそうにひっそりと建っていた。

宿の主人はひよりのことは覚えていたが、その行方までは知らなかった。

一応ひよりが泊まっていた部屋も見せてもらった。

だがさしたる手がかりは見つからなかった。

しかし宿代が安いわりに部屋は清潔だったので、加賀美は宿をそこへ移すことにした。荷物らしい荷物もないので手持ちの蚊取り線香と水だけを部屋に移動させると加賀美には他にすることがなかった。

とりあえず加賀美はひよりがどこへ行ったのかと考えてみた。

「世界の果て……」

そんな場所があるなら加賀美も行ってみたいと思った。

「俺だってどこにも行く当てはない……東京のあのボロアパートに戻っても何もない……みんな、いなくなっちまった……めちゃめちゃ孤独だ……めちゃめちゃ寂しい」

ふいに天道の言葉を思い出した。

「おばあちゃんが言っていた。寂しいときはもっと寂しいところへ行けばいい。人は真の孤独を感じて初めて自分の心に向き合える」

それを受けて加賀美は自分の胸に問いかけた。

「もしそれが本当なら、今ここにいる俺がそうじゃないか。これ以上の孤独はない。だけど自分の心に向き合ってどうする？　そんな面倒なこと、やってられるか！」

なぜかムシャクシャしてきた加賀美は金を使いたい衝動にかられ、街に繰り出した。

加賀美は安い下着とTシャツを買い、その帰りに見つけた日本食レストランでカツ丼の大盛りを食い、コンビニで買ったコーラをがぶ飲みした。

宿に戻ると水シャワーを浴び、宿の屋上でタライで薄汚れた服を洗濯し、雑巾のように絞り、泥棒よけのバリケードの金網に洗濯物を干した。

そして再びやることがなくなった。

仕方なく屋上に座り込んでぼんやりと夕焼けを眺めた。

「あのままリンといっしょに行っていたら今ごろは……！」

ふとよこしまな考えが加賀美の頭をよぎった。


その夜、加賀美は寂しさをまぎらすためになるべく人の多い屋台で飯を食った。

屋台では世界中の旅人たちが楽しげに食事をしていた。

旅人たちはこれから行く場所のことを思って目を輝かせている。

加賀美はそれを見ながら旅人の気分を味わい、長々と粘ったあげく、宿に戻った。


部屋に一人でいると、どうしようもない孤独が加賀美を襲った。

夜中、加賀美は浅い眠りから目覚め、トイレに行き、小さな本棚に気づいた。

そこには旅行者が読み終えた小説や旅のガイドブックが置き捨てられていた。

その中にボロボロになった遠藤周作の「深い河《ディープ・リバー》」という文庫本があった。

やることがないので部屋に持ち帰り、なんとなく読み始めた。

するとすぐに中身に引き込まれた。
そして加賀美はひよりの言う世界の果てがどこなのかを突き止めた。
インドのガンジス河に間違いないはずだった。
それはひよりがこの本を読んでいたらという条件付きなのだったが……。

8

「深い河」の中で加賀美の目を引いたのは「生まれかわり・輪廻転生《りんねてんしょう》」についてだった。タイトルにもある深い河、ガンジス河とはヒンズー教の聖なる河であり、その聖なる河の水に浸ればすべての罪は清められ、死者の灰を河に流せばその死者は輪廻から解放される。

ガートと呼ばれる遺体の焼き場の描写はまさに世界の果てを思わせた。

「世界の果てで生まれ変わりたい」

と、いうひよりの思いはその出生を考えれば痛いほどわかる。

加賀美は確信した。ひよりはこの本を読み、ガンジス河に旅立ったのだ。

翌日、加賀美はカオサンで日本人が経営する旅行会社を訪ねた。

バンコクからインドまでは陸路で行けないため、飛行機に乗る必要があった。

そしてそのもっとも安い航空券を探したが、どう値切っても約六万円、二万バーツが必要だった。

加賀美の手持ちはすでに百バーツを切っていた。

「どうすればいい⁉」

加賀美の足はいつしか寺に向かっていた。

履物を脱いで本堂に入るとニンマリ微笑む仏像と相対した。

この寺は加賀美が睡眠薬で眠らされてすべてを失い、どうにもならなかったとき、あのお守りの中の一万円札を見つけた、幸運を呼ぶ場所だった。

加賀美は今回も何かいい打開策が浮かぶかもしれないと思った。

そしてそれは意外な形で訪れた。

寺で加賀美はまたあのタイ人に出くわしたのだ。

加賀美からすべてを奪っておきながら、男は悪びれもせず、ニンマリと笑った。

「マイペンライ！」

その言葉はタイ語で「気にするな！」を意味する言葉だ。

タイ語音痴だった加賀美にもそれぐらいはわかるようになっていた。

確かに過去のことを気にしていては生きていけない。

だが、自分をだましたこの男には言われたくない。

加賀美は爆発しそうな怒りを抑えた。

すると男は屋台で加賀美にタイラーメンをおごると言う。

加賀美はされるがままにしてみた。

男は「今、ワタシは善行を施している」という、どや顔でラーメンをする加賀美を見ている。

だが加賀美におごるラーメンの代金、二十バーツは日本円でたったの六十円。加賀美から奪った金額とは比較にならない。

加賀美は片言の英語をまじえて、これまであったことを話した。

「何て不幸な奴なんだ」

男は自分がその不幸の元凶でありながら、同情した。

「頼むから俺から奪った金を返してくれ」

加賀美がそう頼むと男はなぜか嬉しそうに笑った。

その手振りから察するに、ムエタイで賭けをし、すべて使い果たしたらしい。

加賀美は怒る気力も失い、なぜかいっしょになって笑ってしまった。

男の名前はナイと言った。縁起の悪い名前だ。

「俺のバックパックの中に金属製のベルトがあっただろ。それはどうした?」

ナイはベルトを盗品の買い取り専門の組織に売り渡していた。今からではもう行方はわからないらしい。

加賀美は再び落ち込んだ。田所がこれを知ったらどれだけ怒るか……。

「マイペンライ!」

ナイはそう言った。

「だからおまえに言われたくないんだよ！」

加賀美は怒鳴ったが、ナイは笑っていた。

ナイは彼の母親と妹が働くタイ風やきそば・パッタイの屋台へ加賀美を連れて行った。加賀美がこの屋台で働けば日本人の観光客が来ると踏んだのだった。

インドへの飛行機代のために金を稼がなければならない加賀美はそこで働くことにした。

ナイの思惑どおり、加賀美の日本語での呼びかけで、多少は日本人客も来てくれた。だが一日汗水流して働いても九百バーツほどにしかならなかった。

そこから自分の宿代、飯代をさっぴくと七百バーツほどしか手元には残らない。

加賀美は西洋人のバックパッカーの多さを見て、やきそばパンを出してはどうかと提案した。ナイが難色を示したので加賀美は安いパンを自分で買い、試しに売ってみた。

ポイントは西洋人の好きなケチャップを使ったことだった。

最初は売れなかったが徐々に口コミで浸透し、驚くほど売れ始めた。

さらにハンバーガーやホットドッグとパンメニューを増やすと値段を多少高く設定したにもかかわらず、ことごとくヒットし、売り上げはさらに上がった。

二週間が経つと加賀美は日本円で三万円を手にしていた。

飛行機代まではあと三万だ。

だが商魂たくましいカオサンの屋台のライバルたちはすぐに加賀美たちの店のまねをして同じ様な物を売り始め、売り上げはすぐに落ち始めた。


金を増やしたい加賀美はナイの悪魔のささやきに誘われるままムエタイの試合場に足を運んだ。

海外からの観光客が座るリングサイドと違い、賭け目的で来た地元民が陣取る二階席は一種異様な熱気に包まれていた。

通常、ムエタイの賭けでは序盤のラウンドで選手の様子を見てから賭ける。

だが加賀美はナイに言われるまま絶対お勧めの選手に試合前から全額を賭けた。

その選手は無敗のチャンピオンで圧倒的に強いから大丈夫だというのだ。

そして加賀美が全額を賭けたチャンピオンが入場すると加賀美はあたりの熱狂と一体となって声援を送った。苦労して稼いだ金のすべてを賭けたのだから当然だ。

次に相手の選手が入場してきた。

「勝ったら殺すぞ！」

加賀美がそう叫びつつその選手を見る。

「なっ⁉　そ、そんなバカな⁉」

チャンピオンの対戦相手は天道総司だったのだ。

9

チャンピオンと天道がリング上でワイクーというダンスを踊り始めても加賀美はまだ事態を飲みこめないでいた。

「なんで天道がこんなところでムエタイの試合に出ているんだ？」

だがそれよりも全額をチャンピオンのほうに賭けたことを思い出した。

加賀美は賭ける相手を天道に変更するようナイに伝えようとした。

だがゴングが鳴ってしまい、観客たちの熱狂に加賀美の声はかき消されてしまった。

チャンピオンが天道に強烈なローキックを入れる。

二発、三発。

チャンピオンを応援する観客全員のボルテージが上がる。

天道もローを返す。

バチンと乾いた音が響く。

すると加賀美の中で何かが弾けた。

「金なんかどうでもいい。天道、いけーっっっ！」

加賀美はいつしかそう叫んでいた。

天道が一瞬チラリと加賀美を見たような気がした。

「次で決めるつもりだな」

直感的に加賀美はそう思った。

それは見事に的中した。

天道はハイキック一発であっさりチャンピオンをＫＯした。

「やった！　それでこそ天の道を往き、総てを司る男だ！」

だがおかげで加賀美はまた一文無しになった。

隣でナイも愕然《がくぜん》としていた。加賀美は呟《つぶや》いた。

「やっぱりおまえの名前は縁起が悪い」


加賀美は人の群れの中を泳ぎながら、選手控え室へ走った。

しかしすでに天道の姿はなかった。

加賀美は慌てて試合会場の外へ出た。

だがどこにも天道の姿はなかった。

屋台だけが空しく建ち並び、加賀美は途方に暮れた。

すると一軒の屋台からうまそうな、そして懐かしい日本の生姜《しょうが》焼きの匂いがしてきた。加賀美はその匂いに誘われるままその屋台に近づいていた。

「遅いぞ。おまえごときが俺様を待たせるなど百万年早い！」

「て、天道、おまえ……⁉」

試合中に加賀美の存在に気づいた天道は屋台で生姜焼き定食を作って待っていたのだ。

「さあ冷めないうちに食え！」

加賀美はとりあえず生姜焼き定食をむさぼり食った。

あまりの旨さに涙が溢れたが天道にはばれないように隠れて涙を拭いた。

「ところでなんでおまえがムエタイの、しかもタイトルマッチに出ていたんだ？」

「当然だ。どの道に進んでも俺は必ずトップに立つさだめだからな」

天道はパリからの帰り道、タイ料理を学ぼうと立ち寄ったバンコクでジムに入門したそうだ。天賦の才で天道はすぐにジムでいちばん強くなり、会長の推薦で今日のタイトルマッチに出たそうだ。

「聞いた俺がバカだったよ」

加賀美は相変わらずの天道に呆れた。そしてこれまでのいきさつのすべてを話した。

「そんなわけで俺は、ガンジス河にいるひよりを探しに行く」

加賀美が真剣な顔で天道に言った。

すると天道は加賀美に一通の手紙を渡した。

それはひよりが弓子さんに宛てた手紙だった。

天道は料理修業に来ていた弓子さんとパリで再会し、この手紙を預かったのだ。

そこには懐かしいひよりの字があった。

「急にいなくなってしまってごめんなさい。弓子さんにはお世話になりっぱなしなのに、ちゃんとお別れの挨拶もできなくて、ほんとにごめんなさい。何の取り柄もない僕をシェフとして働かせてくれたこと、とっても感謝しています。僕は今、旅に出ています。こんな頼りない僕が旅？　なんて思うでしょうけど、心配はいりません。たまに寂しくなったりもするけど大丈夫です。何とかやっています。ありがとうございました。そしてさようなら。弓子さんやみんなの親切は決して忘れません」

加賀美の脳裏に強がりな、でも思いつめたようなひよりの顔が浮かんだ。

そして同時に今、ひよりはどんな旅の空を見上げているのだろうと思った。

「おまえはもう日本へ帰れ」

唐突《とうとつ》に天道が言った。

たしかに加賀美の旅はバンコクで病気になったひよりを助けるために始まった。

だがすでに病気も治り、ただ旅をしているだけなら加賀美がひよりを探す必要はない。

「でもひよりに生まれ変わりたいって気持ちがあるのが心配だ……その思いで自分で命を絶ったりするんじゃないかって……」

「生きている限り、死はすぐそばにある。ひよりがこの先どう生きるかはひよりが決める。たぶんそのための旅なんだろう」

「おまえは強いからいい。でもひよりは、いや、おまえ以外の奴はそんなに強くはないんだ。誰かが守ってやらないといけないんだ！」

「加賀美、おまえは生きる目的を失うことに不安を覚えているだけじゃないのか？」

「なにっ⁉」

「ひよりを探すことにかこつけて自分自身と向き合うことから逃げているのはおまえのほうだと言っているんだ」

「俺が？　逃げているだと⁉」

「ひよりはこの先どう生きるかを決める旅に出た。だが加賀美、どう生きるかを決める旅に出るべきはおまえのほうだ！」

「……！」

天道の言うとおりだった。

加賀美には返す言葉がなかった。

10

加賀美はその後もナイの屋台で働いた。

天道に指摘されたとおり、目的を失い、これからどうするかという問題を先送りするために我を忘れて働いた。

天道はバンコクのムエタイの試合場で再会を果たしたあの夜、加賀美に日本へ帰れと念を押して姿を消した。

だが加賀美は思う。

「天道は俺にはああ言っておきながら、たぶん今も世界のどこかでひよりを探しているんだ」

加賀美は時々ナイとナイを通じて知り合ったタイ人の友達といっしょに酒を飲み、川辺で朝まで騒いだ。

しかし雨の日は憂鬱だった。

屋台を閉め、安宿でまんじりと過ごしていると日本が懐かしくなった。

バンコクに降る雨は滝のようで、その雨音の中でうたたねをした加賀美は夢を見た。

「ただいま」

「おかえり」

それは冬の冷たい雨の日、ビストロ・サルにバイトに行った加賀美に、店で掃除をしていたひよりが言った言葉だった。

いつものようにブスッとした愛想のない顔で会話はそれだけで途絶えたが、加賀美はなぜかそのときのことをよく覚えている。

嬉しかったのだ。

厨房で煮込まれていたうまそうな料理の匂いも、暖かかった室内も、そしてそこにひよりがいたことも……。

夢から目覚めた加賀美は思った。

「あのときなぜ俺はただいまって言ったんだろう。そこが俺の家ってわけでもないのに……そしてひよりはなぜおかえりって言ってくれたんだろう」

ふと思い当たった。

加賀美もひよりも一人暮らし、ひよりには両親もいないし、加賀美も親父とは縁を切っていた。加賀美とひよりにとって家らしき場所はあの店だけだったのだ。

加賀美は「ただいま」と誰かに言いたかったし、ひよりも「おかえり」と誰かに言いたかったのかもしれない。

「やっぱり、ひよりを探しに行こう！」

加賀美はそう思った。

「ひよりがどう生きるかはひよりが決める。だが俺がどう生きるかも俺が決める。いや、面倒な理屈はどうでもいい。やりたいようにやらせてもらう。それだけだ」

その夜、加賀美はそれまで貯めた金をすべて持ってムエタイの試合場に出かけた。

ナイが絶対だと薦める選手がいた。

だが加賀美はあえてその選手じゃないほうに全額を賭けた。

そして勝った。

結局のところ勝てたのはナイのおかげかもしれない。

賭けた金はガンジス河のあるインドのバラナシまでの飛行機代には充分な額になった。

そしてバンコクを旅立つ日、空港にはナイが加賀美を最初にだましたあのオンボロ車で送ってくれた。

渋滞のハイウェイから見える薄汚い雨のバンコクの街並みがなぜか愛しく感じられた。

空港に着くとナイはプレゼントがあると、加賀美の奪われていたバックパックを渡してくれた。

その中にはガタックのベルトが入っていた。

加賀美が旅立つと聞いたナイは盗品を扱うネットワークに手を回し、友人たちの協力で売りさばかれていた加賀美の所持品を買い集めてくれたのだった。

「マイペンライ！」

そう言葉をかわし、加賀美とナイは別れた。

加賀美はまぶしいほど清潔な空港の中で一人、結局ひよりを探すことしか目的を見つけられなかった自分を恥じた。

「でもそれが俺だ。加賀美新だ」

加賀美はそう一人ごちて、インド行きの飛行機に乗った。

そして今、加賀美はインドのバラナシの喧騒《けんそう》の中にいる。

インドに着いてからの旅はさらに過酷だったが、加賀美はバンコクでの経験を生かし、どうにか持ち金を奪われずにバラナシ市街までたどり着いた。

そしてひよりがいるであろうガンジス河を目指した。

歩くのもやっとの人ごみの中で勝手にガイドを始めては金を要求するインド人たちを無視し、時には怒鳴りつけ、ついに加賀美はガンジス河にたどり着いた。

それは不思議な光景だった。

おばさんが洗濯し、子供が水浴びし、ついでに牛も水浴びし、物乞《ものご》いや行者やバックパッカーが徘徊《はいかい》し、店が並び、そのそばで屍体《したい》が焼かれている。
小説「深い河」から受けた印象とは少し違う。
異様だがそれが日常だ。
一瞬、加賀美は思った。
「ひよりが言う世界の果てはここではないのかもしれない」
そんな加賀美に声をかける女性がいた。
振り返るとそこに立っていたのは岬だった。

11

翌日の早朝、加賀美と岬は小舟に乗ってガンジス河の対岸を目指していた。

数日前に観光でこの地に来たという岬は対岸にいっしょにボートで行ってくれる人を探していた。

多くを語ろうとしない岬に疑問を持ちながらも加賀美はそれを引き受けた。

夜明け前に待ち合わせの場所に行くと岬はすでにインド人の船頭に話をつけていた。

加賀美と岬を乗せた小舟はガンジス河へと漕《こ》ぎ出した。

沐浴《もくよく》する人々、聖者、牛、物乞いなどで混沌《こんとん》とするガート側と違い、ガンジス河の対岸は何一つない清らかな場所に見えた。しかしそれは逆だった。

「ガンジス河の向こう岸はじつは不浄の地とされているのよ」

「不浄の地？」

「汚れた場所ということ」

「なんでそんな場所に行くんですか」

「……そこがいちばんふさわしいと思ったから」

「ふさわしい？　何に？」

ふと振り返れば加賀美たちが乗る小舟の後に十艘《そう》ほどの船がついてきていた。

その船頭は皆、虫のような瞳をしていた。

見れば岬も同じ瞳をしていた。

加賀美はやっと気がついた。

「この岬さんもあの船頭たちもみんなネイティブの擬態だったのか」

だがなぜか加賀美の心は落ち着いていた。

「一つだけ教えてください。本当の岬さんは生きているんですか⁉」

「ええ。神代剣《かみしろつるぎ》が愛したじいやの味を再現するレストランでディスカビル家を復興させるための準備をしているわ」

「そうですか。よかった……」

「素直に私にガタックのベルトを渡してくれない？　私にはこれまでのオリジナルの岬の記憶もあるから、できればあなたとは戦いたくないの」

「それは……できません」

「そう……ところであなたはなぜこんな場所にいるの？」

そう問われて加賀美は心の中で自問した。

「オレハ、ナゼ、ココニイル？」

加賀美は逆に岬に尋ねた。

「岬さんは世界の果てがどこか知っていますか？」

「世界の果て……そうね……ポルトガルにロカ岬という場所があるわ」

「ロカ岬？」

「ええ、ユーラシア大陸の西の果てで、そこには『ここに地終わり海始まる』と書かれた石碑があるそうよ」

それを聞いて加賀美はある風景を思い浮かべた。

天道が涼しい顔でポルトガルの石畳を歩きながらひよりを探す姿だった。

「それは岬さんの記憶なんですか？」

「オリジナルの私にはいつかいっしょにロカ岬へ行こうって約束してくれた男性がいた……その人はワームに殺されてしまったけど……」

「もしかして岬さんはそれでZECTに入ったんですか？」

「……さあ、昔のことは忘れたわ」

会話はそこで途切れた。

小舟は対岸へ着き、加賀美と岬は不浄の地と呼ばれる対岸に上陸した。

砂漠のような何もない大地を加賀美が先を歩いた。

振り返ると岬は物憂げな顔でランピリスワームに変貌した。

同時にずっとついてきていた船頭たちもサナギ体のネイティブワームへと変貌した。

「天道が言っていました。自分のために世界を変えるんじゃない。自分が変われば世界が変わるって。もう戦いなんてやめましょうよ。人間とワームは共に生きればいい」

「黙ってガタックベルトを渡せ」

そこにもう岬さんの面影はなかった。

加賀美はベルトを巻き、右手を掲げた。

天空を引き裂いてガタックゼクターが飛来してきた。

「変身！」

加賀美はガタック・マスクドフォームに変身した。

十匹ほどのワームがいっせいに襲いかかってきた。

ガタックはバルカンを撃ちまくった。

「キャストオフ！」

ガタックはライダーフォームになるとダブルカリバーでワームたちをなぎ倒していった。

ランピリスワームはクロックアップし、右手の発光球からプラズマを放ってきた。

ガタックもクロックアップし、ダブルカリバーでプラズマを弾き返し、ライダーカッティングでランピリスワームに一撃を加えた。

「岬さんがなぜこの不浄の地が戦いの場にふさわしいって言ったのか、今ならわかりますよ……岬さんもわかっていたんでしょ。これが意味のない戦いだっていうことを……そしてここが生き残ったネイティブワームの最後の死に場所にふさわしい場所だって……」

ランピリスワームは一瞬だけ岬の姿に戻ると微笑み、何かを迎え入れるような姿勢を取ると、再びランピリスワームの姿に戻った。

ガタックはライダーキックを放った。

それをまともに浴びたランピリスワームは爆裂霧散した。

ガタックも変身を解いて、加賀美の姿に戻った。

「あれは⁉」

ガンジス河の対岸にひよりの姿があった。

「ひより！」

加賀美は思わず叫んだ。

ひよりの瞳はまっすぐ加賀美を見ていた。

ガンジス河の朝焼けは赤く静かだった。

12

ガンジス河沿いの安宿のベッドで再び加賀美は動けないでいた。

そして天井の模様を眺めていた。

「これまでいったいどれだけの安宿の天井を眺めてきたんだ……バカか、俺は……!?」

ジットリと汗を含んだ湿ったベッド、蒸し暑い室内、オンボロの扇風機、そんな風景になじんでしまっている自分、そしてうんざりするほど心に浮かぶあの言葉。

「俺はこんなところで何をしている?」

原因不明の高熱に加賀美はもう三日も苦しめられていた。

「肝心な時になると俺はいつもこうだ……」

岬に擬態したネイティブを倒したあのとき、対岸にひよりを見つけた加賀美は急いで小舟で戻ったが、河岸に着いたときにはひよりの姿はなかった。

「嫌なものを見られたな……ネイティブを倒す俺の姿はひよりの瞳にどんなふうに映ったんだろう……?　それを見たひよりが俺の前から姿を消すのは当然だ……」

加賀美はその日から必死にひよりを探したが、再び会うことはなかった。

やがて加賀美は疲れていった。

人ごみ、ぬかるんだ道、牛の糞、物乞い、焼かれた屍体、その臭い、照りつける太陽、そして加賀美は原因不明の高熱に倒れたのだ。

誰も助けてはくれなかった。

ここ、バラナシでは死はすぐそばにあった。

「当然だよな。ここは死ぬために訪れる場所だ……」

加賀美は安宿のベッドで深い海の底に沈むように眠り続けた。

それからどれだけの間、眠っていたのか。

時折、近くで看病してくれる人の気配を感じながらも、それが幻覚なのか現実なのかわからないまま、泥のように眠り続けた。

そしてある朝、加賀美が目覚めるとそこにひよりがいたのだ。

「……おかえり」

なぜかベッドで寝ている加賀美が「おかえり」と呟《つぶや》いた。

「……ただいま」

看病するひよりが「ただいま」と答えた。

すると加賀美は安心したように再び眠りに落ちた。

まだ薄暗い夜明け前の朝、加賀美は汗をびっしょりとかいて目を覚ました。

だが熱は引いたようで気分はすっきりとしていた。

表に出るとひよりは宿のテラスでガンジス河を眺めていた。

加賀美もその横に並んでいっしょに河を眺めた。

夜明けを迎えようとしているガートは沐浴をする人々で溢《あふ》れていた。

「なにしに来たんだ?」

「……それが自分でもよくわからないんだ……ただ、ひよりに会いたくて……天道には帰れと言われたんだけど」

「あいつもいるのか……?」

「いや、あいつとはバンコクで会っただけだ。でもたぶん天道もどこかでおまえを探していると思う」

「……今はまだ誰にも会いたくない」

「じつはひよりに会えたら伝えてくれと天道に頼まれたことがある」

「?」

「シブヤ隕石が落ちたあの日、瓦礫の下で動けないでいたとき、あいつはひよりに生きる勇気をもらったって言ってた」

「生きる勇気……?」

「ああ。あいつはおまえがそばにいたから頑張れたって……」

「………」

ひよりは黙っていた。

「なあ、マイペンライって言葉、知らないか？」

「………」

「おまえもタイにいたんなら知ってるだろ」

「……確か、気にするな、気楽にいけ……だったっけ？」

「ああ。自分がネイティブだということを抱えながら生きていくということはとっても辛いことだと思う。でもマイペンライだ。俺はひよりが生きている限り、応援する。そしてひよりとひよりが生きるこの世界を守ってみせる」

「……本気か？」

「ああ、本気だ」

「……僕は本当に生きていていいのか？」

「いいに決まってる！」

「………」

「ひよりの生きる姿はみんなに生きる勇気を与えてくれるはずだ！　絶対だ！」

「おまえ……変わってないな」

「暑苦しいとか言うんだろ、でもそれが俺だ」

ちょうど夜明けの太陽が顔を出し、雲間から射した光が川面を輝かせた。

ひよりはそれから喋らなくなった。

加賀美も黙っていた。

二人は並んでガンジス河をただじっと眺めていた。


翌日、ひよりはたそがれの旅の景色の中へ消えていった。

加賀美はもうひよりを追わなかった。

でもひよりに会えて本当によかったと心の底から思った。

そしてここまで旅ができたことを感謝した。

「俺をここまで支えてくれたみんな、ありがとう」

そう呟いた加賀美の脳裏にいろんな人の顔が浮かんだ。

天道、岬、田所、天道の家にいたお婆ちゃん、俺をだましたナイ、いっしょに屋台をやったナイの家族、バンコクの友達、飯をおごってくれたリン、そしてやっとの思いで会えたひより、ぶっきらぼうだけど優しいその表情……。

「旅を終える時が来たのかな……」

ふと涙がにじんだ。

だが一方で一度はたどり着いたと思った世界の果てが、それまでより遠くへ行ってくれたしまったようにも感じた。
だがそれはそれでよかった。
加賀美は晴れやかな顔で空を見上げ、自分の想いを言葉にしてみた。
「いつかまた旅に出よう。そして世界の果てで君に会おう」
見上げた空は世界に繋がっていた。
空は青かった。
どこまでも、どこまでも……。

おわり

原作
石ノ森章太郎

著者
米村正二

協力
金子博亘

デザイン
出口竜也
（有限会社 竜プロ）

米村正二 | Shoji Yonemura

脚本家。1964年愛知県生まれ。主な作品として『sh15uya』『仮面ライダー響鬼、カブト、電王、キバ、ディケイド、オーズ、G』『スーパーヒーロー大戦』『レッツゴー仮面ライダー』『スマイルプリキュア！』『グイン・サーガ』『ルパン三世　ワルサーP38、EPISODE:0 ファーストコンタクト』『ポケットモンスター』『それいけ！アンパンマン』『頭山』等。

講談社キャラクター文庫 007

小説《しょうせつ》 仮面《かめん》ライダーカブト

2012年11月30日　第1刷発行
2022年　4月11日　第8刷発行

著者	米村正二《よねむらしょうじ》　©Shoji Yonemura
原作	石ノ森章太郎《いしのもりしょうたろう》　©石森プロ・東映
発行者	鈴木章一
発行所	株式会社　講談社
	112-8001　東京都文京区音羽 2-12-21
電話	出版 (03)5395-3491　販売 (03)5395-3625
	業務 (03)5395-3603
デザイン	有限会社　竜プロ
協力	金子博亘
本文データ制作	講談社デジタル製作
印刷	大日本印刷株式会社
製本	大日本印刷株式会社

KODANSHA

ISBN 978-4-06-314857-2 N.D.C.913 238p 15cm
定価はカバーに表示してあります。Printed in Japan